죽어도
    믿음으로
  살리라

대한민국 장교 육군 소위 임관 53주년 (2019.10.1.) 기념 출판!
한국 유일의 난치병 뇌경색 다큐작가 비평시인 최초 비평시집 집필 출판!
우초 작가시인 장기 기증 비장한 결심 절정시 출판 단행!!

죽어도 믿음으로 살리라

(비평시인 제3집 김광해 종합 비평시집)

발행일	2019년 5월 3일
지은이	김광해
펴낸이	손형국
펴낸곳	(주)북랩
출판등록	2004. 12. 1(제2012-000051호)
주소	서울시 금천구 가산디지털 1로 168, 우림라이온스밸리 B동 B113, 114호
홈페이지	www.book.co.kr
전화번호	(02)2026-5777 팩스 (02)2026-5747
저자전화	010-5251-6946

ISBN   979-11-6299-618-8 03810 (종이책)   979-11-6299-619-5 05810 (전자책)

이 도서의 국립중앙도서관 출판예정도서목록(CIP)은 서지정보유통지원시스템 홈페이지(http://seoji.nl.go.kr)와
국가자료공동목록시스템(http://www.nl.go.kr/kolisnet)에서 이용하실 수 있습니다.
(CIP제어번호: CIP2019017108)

愚草 김광해詩集(綜合版) 2019.1.1. 초판 발행
기독교신자는 꼭 읽어야 할 굳센 믿음 고취의 大敍事詩(대서사시) 출판!
韓國 유일의 난치병 뇌경색다큐작가 우초의 치유투병기 출판 단행!!

죽어도 믿음으로 살리라

지은이 **愚草 김광해**
(육군중령출신 다큐작가, 비평시인협회장)
장로교회 은퇴장로

※ 대한민국 고급장교출신 詩人 김광해 陸軍少尉 任官53주년(2019.10.1.) 기념
執筆出版!
※ 국가의 政策 중 과오 정책 발굴 批評書(詩) 창안 집필발표로 正義國家社會
건설성취

북랩 **book** Lab

시인 김광해 시집 화보

1. 주요활동

_ 40여 년 민주화운동 강행 정부 민주화 운동자 인정

_ 대한민국 육군장교(초급장교 소위–고급장교 중령) 23여년 군복무생활

_ 민주시민사회 시민 운동가로 32년 활동

2. 작가시인주요세부활동 화보

최근 근황

전역 당시

직계 가족
장녀 외고 일본어과 졸업 후 일본 교토대 디자인과 졸업 귀국 기념

영국 옥스퍼드대 연수 및 수료기념

영국 옥스퍼드 대학 지방의회 특별지도자 과정 연수 장면과 대학장 마스교스(원내 좌)로
부터 수료장을 받는 필자(원내 좌)(우측)

한국 출신 인도, 파키스탄 UN군 사령관 안충준 장군으로부터
훌륭한 시민운동자로 감사패 받음

인도, 파키스탄 평화유지군(PKO)사령관 안충준장군으로부터 바른사회만들기 시민운동
감사패를 받음

1999년 세계NGO 서울대회 한국대표로 참석 시위 참여

1999년 세계 NGO 서울총회에 한국대표로 바사본 대표 김광해 총재가 선임 참석 "국가인권위(현 권익위) 설립을 주장하는 시위등을 강력 요구하여 대망의 역사적 창립을 성취했다. (우로부터 첫 번째)

매년 5.18 광주민주인사 묘역 헌화 분향(중앙)

박정희 전대통령 탄신 88회
숭모다례제 참석 분향

2005년 11월 14일 서울 능동 어린이 회관 무지개 극장에서 거행된 박정희 대통령과 육영수 여사를 좋아하는 사람들 모임 주최로 박 정 희 대통령 탄신 88주년 숭모다례제 행사에 참석 후 분향하는 바른 사회 만들기 운동본부 대표 필자 김 광 해(우)

박근혜 전 대통령 자서전 출판기념회초청 축하참석

2010. 7. 24. 한나라당 박근혜 대표 출판기념회초청을 받고 보훈병원 입원 치료중에도 휠체어를 타고 참석. 상임고문석에 안내되어 축하 꽃다발을 드리고 악수하는 박근혜, 김 광해 위원장(우)

남다른 친교와 절친했던 정승화,
장태완 장군과 김광해 작가(우)

MBC TV "김한길 초대석"에 초청 질문 인터뷰에 답변하는 김광해 사무총장

MBC TV 인기프로 "김한길 초대석"에 출연 全, 盧 고발 배경에 대한 인터뷰에 답변하고 있는 군 반란 진상 규명위원회 김광해 사무총장

시인 작가 부부와 4명의 친손녀, 외손녀와 같이 기념촬영

첫 문학 작품 『고발』
(나는 왜 전두환, 노태우를 살인죄로 고발했나!)

육군회관에서 거행된 출판기념회에 정승화 전 계엄사령관 겸 육군참모
총장과 신대진 장군이 참석 축하하였음

저서 "고발" 출판기념회를 축하해주시는 정승화 전 육군참모총장(우)

지역 주민 및 본 시민단체 회원 결혼 주례 봉사 활동

바른사회만들기 운동본부 회원들과 지역 내 주민의 결혼 주례를 100회 이상 실시 하였다.

김판규 육군참모총장 우수시민
단체대표로 선정 초청 군민협력당부

2002년 7월 10일 육군본부 김판규 참모총장(대장)이 주요 시민 사회 단체 대표 30명을 초청 지상군 발전 세미나를 실시 후 군민간의 친화 유대로 군발전에 기여하고 총장(중앙) 좌로 두 번째 김광해 상임대표 총재

육군참모총장(남재준대장) 초청으로 2003년 11월 18일 육군회관에서 거행된 지상군 정책 심포지엄에 시민단체 바른사회만들기 운동본부 대표로 참석한 김광해 총재(앞줄 좌측 두 번째)

전두환 노태우 반란자 일당 사면설에
반성도 없는 자의 사면은 절대불가
(반란 수괴 일당 고발 등 민주화 시민 사회 운동)

전, 노등 5.18 관련자에 대한 정치적 사면이란 있을 수 없다는 단호한 입장을 김홍신, 이석현 의원 등과 밝히는 김광해 쿠테타 진상규명위 사무총장(우측)

全씨, 대통령 권총위협 12·12고발 金光海씨 검찰서 진술

정승화 총장, 체포재가를 위한 최규하 대통령 협박 폭로
96. 12. 12 그동안 반란군의 협박이 두려워 발표하지 않던 전두환의 최규하 권총 협박설을 폭로하였다.

차례

제2부

愚草(우초) 吟豊(음풍)의 시단 등단(登壇)과
일반적 시인의 시(詩) ··· **54**

제3부

愚草(우초)의 國家觀(국가관)과 愛國(애국) 思想武裝(사상무장) 衷情詩(충정시) ··· **94**

책 머리에

국내 유일한 腦梗塞(뇌경색) 다큐작가, 김광해 시인은 대한민국 고급 장교 출신 단 한 사람 국가가 목숨 걸고 "민주화 운동"한 것을 유일하게 인정한 자로 한국 批評詩人 同友會長(비평시인 동우회장)인 愚草(우초)는 금번 10여 년 준비한 제3 시집(종합판: 죽어도 믿음으로 살리라) (제1집: 정의로운 삶, 제2집: 그리움은 가슴마다)을 출판하면서 현시대에 요구되는 특별한 문학 작품 집필을 연구하다 創案(창안), 特異(특이)한 작품 하나 남기고 隱退(은퇴) 하려는 마음에 本書(본서)를 집필하였다.

12·12 군사 반란 이후 人生無常(인생무상)에 空虛(공허)한 마음에 눈물 흘릴 때 習作(습작)을 시작한 것이 50여년이 경과되었고, 그동안 소설 다큐 에세이 자서전 시집, 3권의 BS를 비롯 10여 권의 문학 작품을 집필 출판하였고, 금번 10여 년 준비한 제3 시집을 2019년 1월 1일 자로 초판, 6월 6일 자로 현충일을 맞이하여 2판을 발행하였다.

작가의 이와 같은 著述(저술)을 하게 된 背景(배경)은 12·12 군사 반란 이후 不法非理(불법비리)가 바닥을 치고 있는 疲弊化(피폐화) 된 국가사회에 잘못된 국가 정책 과오, 사회제도 국민정신, 정서를 정의롭게 만들지 않으면 후손에 대한 將來(장래)와 희망은 없다고 단정 判斷(판단), 필자는 불법비리 관련자는 모두 엄벌 척결해야 사람 사는 나라로 바로 될 수 있다고 판단, 정부 정치인 고위 관료가 앞장서서 나라를 바로 잡기를 바라는 간절한 마음에 금번 본 비평시집을 세상에 내놓는 바이다.

독자 여러분의 마음의 양식이 조금이라도 되길 祝願(축원)한다.

- 지은이 김광해

제1부

하나님 아버지의 죄 사함을 받고
강한 믿음을
주신 후 떠오른 詩想(시상)

– 중앙보훈병원 2017~18년 입원 시 作定(작정) 새벽기도 150일,
130일 완성 후 떠오른 詩想(시상)임.

2001.6.22. 한국일보사 송현클럽에서 한국일보주관 한국 예술상 신인상을 김 시인이 수상하였다.

민주당 주최 대전역 광장에서 거행된 '全, 盧 즉각 재판회부' 국민궐기대회에서 전국지역 대표가 참석한 100만 군중에게 연설하는 국내 시민 단체 중 가장 역사가 오래된 25년 창립역사전통의 본 시민단체 "바른 사회 만들기"(바사본) 대표이며, 12·12쿠데타 진상규명위 김광해 사무총장이 연설하고 있다(국내 시민단체 대표로는 최대 관중 집회 연설이었음).

著者(저자) 吟豊(음풍) 理念(이념) 座右銘(좌우명)

– 吟豊愚草(음풍우초) 詩檀(시단) 1
– 批評詩人(비평시인) 김광해

- 세월호 참사는 인재다. 국민 총체적 안전불감증이 원인이다.
- 안전사고는 우연히 일어나는 것이 아니다. 안전사고는 예방할 수 있다.
- 전 국민 안전의식 강화 절실하다. 앞으로 더 많은 안전사고 가능하다.
- 〈인구증가와 산업의 대형화로〉 당파싸움, 정쟁 없는 나라만이 우리가 살 수 있다.
- (조선도 당파 싸움으로 망했다) 조국 통일과 나라 발전과 위정자를 위해 날마다 기도하고 하나님의 사랑은 모든 인간이 형제이다.
- 정의롭고 정직 강직하게 살며 부모에게 효도하고 형제간은 우애 있게 살자!
- 뇌졸중(뇌경색) 환자 중 가장 훌륭하고 유명한 다큐 작가가 되자, 난치병 치유를 위해 최선을 다하자!
- 안 되면 되게 하라는 군인 정신으로 고급 장교 출신답게!
- 군인정신으로 치유하자, 굳은 하나님 믿음을 바탕으로 불편의 신앙으로 치유하자!

주님과 나의 자식들

내 몸이 아프고 불편할 때는
주님이 치유해 주시고
긴병에 효자 없다고 하나
나의 자식들은 그런 자식 없습니다.
삼남매 효자 효녀
육손자, 사손녀
모두 효자, 효녀, 효손자, 효손녀랍니다.

긴병, 난치병으로
모든 친구들 다 떠나가도
나의 주님은 이 아들을
주야로 끝까지 치유해주시고 지켜 주십니다.

병들어 고통의 눈물을 흘려도
尊貴(존귀)하신 나의 주님은 치료의 기도로
항상 고쳐 주십니다.

우주 만물 중 가장 존귀하시고 敬畏(경외)하신 하나님 아버지!
이 아들 세상일에 너무 深醉(심취)해 있을 때
懲罰(징벌)로 내리신 牟卒證(뇌졸중) 뇌경색 병을 주시어
환난과 고통의 시간을 주신 것도 하나님 아버지이시고
큰 반성과 큰 회개의 시간을 주신 것도 아버지이시고
깨끗이 치유 완쾌해 주실 분도 아버지이시기에
오늘도 최선을 다해 굳건한 믿음으로 주님을 따르며 살고 있습
니다.
주님을 경외하며 사랑합니다.
하나님 아버지! 진심으로 감사, 감사합니다. 아멘.

수고하고 짐 진 자들아!
다 내게로 오라 너를 편하게 쉬게 하리라. 아멘.
오! 주여
제 병든 몸을 고쳐주소서
존귀하신 하나님 아버지!
이 아들이 때로는 넘어지고 낙심 낙망 좌절하여도

최후 승리를 주실 것을 믿습니다.
이 아들이 예수님을 믿음으로
지금까지 살아있게 하심을 믿습니다.
장로교회 장로로 협동장로 은퇴장로로 20년

모태 신앙인으로 예수님을 믿은 지 78년!

긴 병으로 세상 친구 다 떠나가도
친분자 중 예수님을 믿는다고 비웃고 조롱하여도
예수 품에 앉기여 평생 참 위로받고 삽니다.
세상 즐거움 다 버리고
이전에 즐기던 세상일도
주 예수보다 더 귀할 순 없습니다.
유혹과 핍박이 몰려와도
주 예수 밖에 없습니다.
예수님은 늘 자비하셔서
내 환난 내 고통 내 궁핍함을 늘 채워 주십니다.
이 아들의 병든 몸을 고쳐 주실 것을 확실히 믿습니다. 아멘.

─ 2017년 06월 29일 03시 새벽기도 參席(참석) 후 詩想(시상)이 떠올라 병삼침대에서 作詩(작시)

(詩想#1)

존귀하신 나의 하나님 아버지!

이 아들이 병들어 고통의 눈물을 흘려도

치유해 주실 분은 하나님 아버지 한 분이시고

이 세상 친구 다 떠나가고 나를 멀리 하여도

끝까지 나를 치유하며

지켜주실 분은 하나님 아버지 뿐이시고

13년 전 나와 같이 쓰러진 뇌졸중(뇌경색)

환우들 모두 떠나갔어도 아버지는 이 아들에게

국가와 국민을 위해 할 일이 남아 있다고

데려 가시지 않고 이 시간까지 살아있게 하시고

우리나라 단 한 사람인 뇌경색 다큐멘터리 작가!

더 훌륭하고 더 유명한 다큐멘터리 작가가 되라고

천사를 통해서 당부 하셨습니다.

고통과 환난을 치유해 주시고 물리쳐 주시는 아버지!

주님을 믿고 섬긴 지 78년!

주님의 복음 전사로 오늘도 최선을 다하며
살고 있습니다. 긴 투병에 낙심하고 좌절할 적마다
새 용기와 희망을 주시는 하나님 아버지 감사합니다. 아멘!

– 2017년 중앙보훈교회 작정 150일 새벽기도 예배 시 詩想(시상)이 떠올라 作詩(작시)

吟豊(음풍)의 병상 默想詩(묵상시)

한없이 약한 것은 인간이다.

제아무리 튼튼하다고 큰소리치고

뽐내는 이도 사실 언제 병석에 누울지 모른다.

발병의 원인도 여러 가지 형태이다.

세균으로 발생하는 전염병들도 있고

스트레스와 과로로 오는 질병도 있고

각종 사고로 발생하는 부상 질병도 있고

현대 의학이 지적하는 심리적 원인의

질병도 많이 있다.

이와 같은 병은 치료, 완치가 급선무이며

가장 효율적 치료는

몸과 마음의 안정이 최우선이고

아버지께 기도, 매일 기도 쉬지 말고 기도뿐이 없다.

– 發病詩(발병시)는 心身(심신) 안정이 重要(중요)하다

큰 믿음으로 살리라

큰 믿음

오직 큰 믿음만이 구하리

오직 믿음으로 구하리라
조금도 의심하지 마라
의심하는 자는
마치 바람에 휘날리고 밀려
요동치는 바닷물결 같으니
주께 구하기를 원치 마라
두 마음을 가지면
헛된 기도 믿음이 되나니
오직 큰 믿음만으로 구하리라.

믿음과 신앙심은 달과 같이 해와 같이

(詩想#4)

주 예수밖에 없네_(주 예수뿐)

세상 즐거움 다 버리고

이전에 즐기던 세상일도

주 예수보다 더 귀할 순 없다.

주 예수밖에 없네

유혹과 핍박이 몰려와도

주 예수밖에 없네

세상 친구 다 떠나가도

세상 친구 예수님을 믿는다고

나를 조롱하여도

주 예수 품밖에 없네

주 예수 품밖에 없다.

(詩想#5)

愚草(우초)의 人間(인간) 人生(인생) 哲學詩(철학시)

愚草(우초)는 일생을 아래와 같이 행동하고 실천하여 동기 동창보다는 先覺者(선각자)로 살아왔고 정부로부터 큰 명예도 얻고 10여 각 기관, 단체로부터는 현, 근대사에 훌륭하고 유명한 인사로 인정, 登錄管理(등록관리) 받고 있어 큰 영예와 영광으로 삼고 있어 나름대로 자신은 성공한 인생이라고 판단, 믿으며 살며 여생을 보내고 있다.

1. 출, 퇴근 시는 남보다 일찍 출근하고 늦게 퇴근한다. (직장 생활 시)
2. 윤리, 도덕적 인간으로 예절을 철저히 지킨다.
3. 단정한 태도(복장, 두발)로 항상 몸가짐을 바르게 한다.
4. 출근에 지장을 줄 음주는 금지한다.
5. 몸에서 술, 음주 기타 악취로 상사를 불쾌하지 않게 한다. (직장생활 시)
6. 자기 직무는 최고로 숙지, 자신 있게 능통하게 한다.
7. 무슨 업무든 상사에게 보고하고 행동할 것. (出必面 反必告, 출

필면 반필고)

8. 동료나 누구든지 언쟁이나 싸우지 말 것. (과오든 아니든 먼저 사과할 것.)

9. 적수는 없게 하고 부득이 있을 시 선의의 경쟁을 하고, 수준 이하는 대응하지 말고 무관심 무시할 것.

10. 무슨 책이던 많이 읽고 지식과 실력을 쌓을 것. (1만 권 구독 실행할 것)

11. 근검, 절약으로 소액이라도 아껴 저축하며 산다.

12. 건강을 잃으면 모든 것을 잃으니 건강 유지에 최선을 다한다.

13. 친구에게 배신 당하면 실패한 인생이다.

군인정신으로 안되면 되게 하라

기쁨의 섬김과 疑心(의심)의 구름 사이에서

우리의 느낌은 기쁨의 섬김과 의심의 구름 사이에서

개다 찌푸리다를 계속합니다.

쉼 없이 들고 나는 물살에

우리의 마음도 엎치락 뒷치락

어떤 생각이나 느낌도

하루를 온전히 배겨나지 못합니다.

하지만 주님 당신은 변함이 없으시고

어제나 오늘이나 한결 같으시지요.

주님의 힘을 부여잡고 제 것 삼을 때

마음은 평강을 누리지만

제가 손을 놓아 버리면

즉시 암흑과 차디 찬 불안이 스며 듭니다.

더 이상 저의 나약한 움켜짐으로

위로를 삼지 말게 하소서.

주님이 저를 붙드시는 것만이

저의 유일한 기쁨입니다.

왔다가 금방 사라질
나약하고 불안정한 감정의 흐름 떨쳐버리고
변치않는 주님이 계시는 저 순결한 하늘을 향해
제 영혼이 날아 오릅니다.

나약하고 불안정한 감정의 흐름 떨쳐 버리고
변치않는 주님이 계시는 저 순결한 하늘을 향해
제 영혼이 날아 오릅니다.

주님의 강한 손으로 저를 잡으시고
주님의 강한 팔로
제 연약함을 끌어 앉으시면
어떤 해가 와도 두렵지 않습니다.
영원히 선하신 주님의 작정을
저로 하여금 분명히 알게 하소서
오직 그것만 의지 하렵니다.

변화무쌍한 감정과 느낌은
아무 때고 왔다가 사라지지만

주님의 햇빛이 제 영혼을 채울 때

제 영혼은 기쁘고

구름으로 뒤 덮어도 외롭지 않습니다.

주님의 온전한 사랑으로

저를 붙드시기 때문입니다.

- 作詩(작시) [JOHN CAMPELL SHAIRP]
- 송순옥 전도사님 주신 글에서 발췌

病床(병상)에서 환자인
저에게 항상 고맙고 고마운 사람

내 인생에 있어서

가장 최고로 소중한 사람은

현재 지금 내 옆에 있는 사람

내 보호자 내 아내와

내 가까이서 나를 보살피는

간병인 간호사, 주치의 의사 선생님이십니다.

늘 치유되고 건강하길 바라고 있어

고마운 사람으로

감사하게 생각하고 있습니다

늘 건강하길 바라시기 때문에…

병상투병 기도詩(시)

생명의 주인이 되시며 이 아들을 사랑하시는 주님!

죄와 허물로 마땅히 죽어야 할 죄인을 용서해 주시고

하나님 아버지의 새로운 자녀 삼아 주심을 감사합니다.

만병의 의원, 의사가 되시는 주님!

주님은 우리의 모든 죄를 사하시며 우리의 모든 병을 고치십니다.

십자가의 보혈로 날마다 덮어 주시고 씻어 주시고 청결케 하여 주십니다.

주님의 전지전능하신 능력의 손으로 안수하시고 치료하는 광선을 비추어 주시는 주님! 비추어주소서.

주님이 십자가에 못 박혀 죽으심으로 우리의 모든 질병과 연약함을 담당하셨고 주님이 채찍을 맞음으로 우리가 나음을 입었습니다.

모든 기능은 원리의 기능대로 회복시켜주옵소서.

약할 때 강함 주시며 두려울 때 자신을 잃지 않는 용기를 주시는 주님!

병상에서도 항상 기쁨과 감사함으로 치유할 수 있는 은혜를 주옵소서.

모든 염려와 근심은 주께 맡기고 우리 안에서 평안을 주시고 회복의 은총을 주옵소서.

주님 앞에 엎드려 고백하는 우리에게 네 믿음이 너를 구원하였으니 평안하리라.

네 병에서 건강을 찾을지어다.

주님의 치유 은혜, 은총을 베풀어 주옵소서.

예수님의 이름으로 감사하오며 기도 하나이다. 아멘!

– 愚草(우초)는 40여 년간 투병 시 매일 이같이 기도.

믿음의 환우가 새겨야 할
하나님 말씀(Bilo Bible)

愚草(우초) 吟豊(음풍)이 좋아하는 BIO BIBLE

지금까지는 너희가 내 이름으로 아무것도 구하지 아니하였
으나
구하라 그리하면 받으리니 너희 기쁨이 충만하리라.

〈요한복음 16:24〉

　내가 너의 상처로부터 새살이 돋아나게 하여 너를 고쳐주
리라.

〈예레미야 30:17〉

아무것도 염려하지 말고 다만 모든 일에 기도와 간구로
너희 구할 것을 감사함으로 하나님께 아뢰라.
그리하면 모든 知覺(지각)에 뛰어난 하나님의 평강이
그리스도 예수 안에서 너희 마음과 생각을 지키시리라.

〈빌립보서 4:6-7〉

수고하고 짐 진 자들아 다 내게로 오라
내가 너희를 쉬게 하리라.

〈마태복음 11:28〉

두려워하지 말라 내가 너와 함께 함이라
놀라지 마라 나는 네 하나님이 됨이라
내가 너를 굳세게 하리라.
참으로 너를 도와주리라
참으로 나의 義(의)로운 오른손으로
너를 붙들리라.

〈이사야 41:10〉

주여 나의 병든 몸을 고쳐주시기
원하는 간절한 祝願詩(축원시)

주여 나의 병든 몸을 지금 고쳐주소서
모든 병을 고쳐주마 주 약속하셨네
내가 지금 굳게 믿고 주님 앞에 구하오니
주여 크신 권능으로 곧 고쳐주소서.

주를 위해 살겠으니 나를 고쳐 주소서
내게 속한 모든 것은 다 주의 것이니
성령이여 降臨(강림)하사 능력 있는 손을 펴서
나의 몸을 어루만져 곧 고쳐 주소서

나의 병을 고쳐주심 내가 믿사 옵니다.
지금부터 영원토록 주 찬송하겠네
나를 구원하신 말씀 어디든지 전 하오리
나의 병을 고쳐주심 참 감사합니다.

愚草(우초) 뇌졸증(뇌경색) 發病(발병) 치유
努力記(노력기) 詩(시)

발병 경위와 치유 노력

우초는 2007년 2월 3일 정오경 아침 겸 점심식사를 하고 집필 중이던, 『한국 현대사와 광해 이야기 자전대서정시』를 계속 작업하기 위하여 집필실 의자에 앉자마자 걸려온 전화를 받는 순간, 머리 뒤통수 우측에서 물 같은 것이 쭉 흘러내리는 느낌과 동시에 전화기를 떨어뜨리며 말을 '더더더' 하면서 더듬고 정신을 잃고 쓰러졌다. 잠시 후 일어나려고 애를 썼으나 좌측 다리가 말을 듣지 않아 일어나려다 넘어지기를 몇 번, 책상머리와 책꽂이에 머리를 부딪치며 몇 차례 넘어졌다. 사람이 이렇게 허무하게 죽는구나, 하는 생각과 불안을 느끼면서 '내가 이렇게 죽으면 안 되지. 아직 할 일도 많은데. 특히, 나의 도움을 기다리고 있는 억울한 많은 민원인들을 위해서도 죽어서는 안 된다'는 생각과 동시에 '호랑이에게 물려가도 정신만 차리면 살 수 있다.'는 생각이 번뜩 떠올라 정신을 다시 차려 전화기를 찾아 집어 들고 119번을 눌러 구조 요청을 하였다. 잠시 후 사이렌 소리와 동시에 구급 요원이 도착했다(가족은 처조카 아기 백일잔치 참석으로 부재), 2시간 내에 병원에 도착해야 살 수 있는 위급한 병인데 1시간 내에 보훈병원에 신속히 도착, 응급 처리가 잘 되어 살 수 있었다.

내가 살 수 있었던 것은 하나님의 크신 은혜로 생각하였다. 응급치료는 받았으나 환자가 너무 많아 중환자 입원실이 없다고 하므로 지인(知人)이 있는 건대 의료원으로 이송을 요구하였더니 쾌히 승낙하여 이송되었다. 모든 검사를 다시 하고 중환자실에서 입원 첫날 밤을 보냈다. 각종 검사 기계 硬音(경음) 소리는 기분 나쁘게 들리고 숨은 차고 목은 마르고 답답하여 가슴이 터질 것만 같은데 중환자는 그 누구도 '면회금지'라고 보호자의 면회도 허락지 않아 숨을 쉬지 못할 정도로 힘들었다. 중환자실이 아니고 지옥실이라는 생각이 들었다.

건대 의료원에서 약 1개월간 치료를 받고 국가유공자인 나는 보훈병원 입원을 원했다.

보훈병원 입원 담당자는 보훈병원과 동일한 의료 서비스를 받는 협력 병원인 도봉구 도봉동 소재 도봉병원으로 입원할 것을 권유하여 도봉병원으로 후송되어 재활 치료를 받게 되었다. 그곳에서 약 3개월간 재활 치료 후 보훈 병원으로 다시 입원되어 치료를 받았다.

나는 뇌경색으로 쓰러졌으나 腦認知(뇌인지)에는 아무 이상이 없음을 알고 고마움에 하나님께 감사기도를 드렸다. 참으로 다

행이라고 생각하였다(대부분의 뇌졸중(뇌경색) 환자는 인지가 나빠 말을 못 하거나 기억력 상실, 난청, 난시, 대소변을 가리지 못하고 밥을 못 먹고 고무호스로 먹는다든가 코와 침을 흘리는 등 고통이 많음) 아직은 하나님께서 나를 사랑하시고 부르시지 않는다는 것을 깨달았다. 운전 중이거나 산속 깊은 곳에 등산 중이었다면 대형 사고로 남까지 피해를 주거나 시체도 찾지 못하는 불행한 사고가 될 뻔하였다.

그러나 좌측 수족을 못 쓰는 불구가 되었으니 이제 내 인생은 끝이구나, 하는 자괴감 때문에 좌절과 절박감으로 극복하기 어려운 투병 생활이 시작되었다. 나는 지금까지 살아오면서 중환자로 병원에 입원한 경험이 없어 각종 질병에 대한 상식도 없는 가운데 입원하였고 뇌졸중이 무슨 병인지도 몰랐다. 나는 치료받으면 완치되는 병인 줄로만 알았다.

그 후 이 병이 난치병 '중풍'이라는 것을 알았다. 뇌졸중은 발병으로부터 6개월 내지 1년 이내 바짝 서둘러 치료하면 치유된다는 병을 잘 몰라 세상에 태어나 좋은 일과 남을 돕는 봉사를 많이 하고 고급장교 출신으로 정의롭게 살았고 정부가 인정한 정의로운 민주시민운동가인 내가 무슨 큰 죄를 졌다고 이런 난치병이 생겼나? 하는 원통한 생각에 분노가 치밀어 화만 났다. 모든 사람들이 위로해 주는 말도 나를 해롭게 하는 말로 들리고 스트레스를 더 많이 쌓이게 하여 죽게 하려고 하는 음흉한 말로 들렸다. 이 병은 화를 내지 말고 스트레스를 조심해야 한다는 것도 모르고 1년여를 화만 내고 신경질을 냈으니 스트레스가 더 쌓이고, 재발의 위험과 단명을 재촉하는 짓을 하였다. 아내와 아이들을 힘들게 고생을 시켜 미안한 마음에 울기도 많이 울었다. 뒤늦게 잘못을 깨닫고 하나님께 이 아들의 난치병 고통을 불쌍히 여기시고 치유의 은혜를 주시기를 눈물 흘리며 매일 몇 번씩 간곡히 기도하였다. 하나님께서는 고통스럽지만 인내하고 극복하라는 기도의 응답을 주셨고 이 기도 응답을 받고 굳건한 믿음으로 '나는 할 수 있다. 꼭 치유하리라' 굳게 마음먹었다.

하나님이 나에게 주신 이 난치병은 환난과 고통이 아니고 이제까지 살아오면서 알게 모르게 지은 모든 죄에 대한 징벌이라 생각하고 반성과 회개의 귀중한 축복의 시간을 주신 것으로 믿었다. 나는 한다면 하는 내 특유의 정신력으로 열심히 재활 운동을 하여 2년 만에 잘 걷지는 못해도 지팡이를 짚고 걸을 수 있었다. 몸은 좀 불편하게 되었지만 볼 수 있는 눈과 들을 수 있는 귀가 있고 말할 수 있는 입이 있고 글을 쓸 수 있고 컴퓨터를 할 수 있는 손이 있으니 얼마나 고맙고 감사한지 모른다. 이 또한 주님의 큰 은혜로 생각하였다.

또한 나에게 큰 위안이 되는 것이 있었다. 그것은 국가 유공자는 완치될 때까지 입원치료할 수 있고 사망 시까지 매월 80만원(매년 5% 인상)의 수당도 받게 되어 있어 위로가 되었다. 발병은 되어 좀 불편하기는 하지만 심적으로 상당한 위로가 되었다. 뇌질환 중 무서운 병은 뇌졸중(일명 중풍)인데 뇌졸중에도 뇌출혈,

뇌경색, 뇌종양 등 수십 종의 뇌 질명이 있는데 발병 예방법은 기름진 고기와 과식, 과음 금지, 절제 있는 부부생활, 흡연, 매연 등의 공해 흡수를 금해야 한다. 치료방법은 운동밖에 없다. 특히 증상이 좋아졌다고 해도 재발 예방에 유의해야 한다. 현재는 남녀노소 연령에 구분 없이 환자가 발생하고 있음을 유의해야 한다. 뇌졸중 발병의 중요 원인은 스트레스와 과로이다. 그럼에도 불구하고 과로를 하는 바람에 늘 머리 두통과 못 쓰는 좌측 수족의 무거운 통증에 시달리고 있었다. 그러나 늘 집필활동이 생활화 되어 온 정력을 쏟고 살았다. 가족들은 글 쓰는 것을 삼가고 은퇴하고 쉬라고 하지만 각종 매체에서 투고 요청이 끊이지 않아 쉬기도 쉽지 않았다. 정신 인지 상태는 쓰러지기 전보다도 기억력이 좋고 밥 먹고 자고 똥만 쌀 수 없어 건강할 때 하던 집필활동 등 거의 다 하면서 소일하였다.

물론 7년이란 세월을 만성 복통, 두통과 싸우면서 저서(에세이) 제 6권을 3년간 통증과 싸우며 집필하였다. 그러나 책이 출판되고 수정 보완할 부분이 있어 그 부분의 교정 작업을 계속 했는데 2013년 10월 29일 부분 통증으로는 항상 고통스러웠다. 좌복부, 가슴, 등, 피부 전신에 통증이 찾아왔다. 참을 수 없는 고통 때문에 자택에서 가까운 도봉병원을 찾아가 X레이 촬영 등 응급치료를 하였으나 진료결과는 통증원인을 찾을 수 없다며 큰 병원으로 가서 진료를 받으라고 하였다. 나는 집으로 돌아와 전신 통증과(호흡곤란까지) 싸우다 10월 30일 아침 일찍 중앙보훈

병원 응급실을 찾았다.

오진으로 또 한 번 고충

여러 가지 검사를 하였으나 변비로 인한 가스가 차서 통증이 발생했다며 관장을 2회나 하는 등 오진에 오진을 거듭하다가 늑막과 폐에 동시에 염증이 생겨 물피가 고여 있다는 진단을 받았다. 즉, 혈흉이라는 것인데 늑골(갈비)이 부러질 때(골절) 고정 치료를 잘못하면 피가 몸속에 주머니를 만들어 고여 있는 것을 혈흉이라고 하는데 이 피물을 빼내야만 통증이 가라앉게 되어 있다는 것이다. 병실로 옮겨 핏물을 빼는 것과 통증 치료를 하는 중에 X레이 상 또 이상 발견이 되었다면서 위태롭다고 중환자실로 옮겨졌다. 의식에는 아무 이상이 없는데(의사 말로는) X레이 상 이 정도로 나타나면 의식도 혼미해지고 수 시간 내에 사망할 수 있다면서 중환자실로 옮기도록 해서 중환자실로 이송되었다. 그러나 내 정신(의식, 인지에는) 이상이 없었고 정신도 또렷하였으나 1주일을 중환자실에서 천당과 지옥을 왔다 갔다 하는 신기한 치료를 받고 다시 호전되어 병실을 옮겼는데 2~3주일 후 치료가 완치되었다면서 퇴원을 하라는 것이었다. 참으로 어이가 없었다. 이 또한 의료진을 신뢰할 수 없는 환자가 되었다. 필자는 이왕 입원된 뇌경색 환자이니 재활과 치료를 받고 퇴원하겠다고 하고 현재 집필 중인 저서의 수정 보완 출판을 위해 지금까지 만 7개월째 입원치료(재활)를 받고 있다. 병원치료야말로 웃음을 자아내는 해프닝이었다. 독자 여러분도 갑자기 입원하는 경우에는 오진 없는 진료를 받기 위해 노력해야 하나 의료사고를 알아내기는 참 어려운 것이다. 많은 환자들 중 입원해서 새로운 병이 더 생겼다. 더 악화되었다는 말들을 더 많이 한다. 서로가 믿고 진료받는 사회가 오기를 기대해 본다.

83㎏ 체중이 69㎏으로 감소 건강적신호가 오는 줄
알고 정신바짝차려 하나님 치유은혜받고 원상 회복
하는데 성공하였다.
(아내의 휠체어 도움을 받는 김 시인)

12·12 반란군과 교전부상 후유증으로 인하여 뇌졸중(뇌경색) 발병으로, 잡다한 신병 발병으로 40여 년 입원 투병 생활에 아내는 헌신적으로 철저한 보호자 임무와 간병으로 작가는 많은 치유가 되었고 아내는 건강이 나빠져 매일 속으로 울고 있다.

영, 혼, 육을 위한 능력의 기도시

(1) 나 자신 김광해의 영혼을 위한 명령 기도(가슴에 손을 얹고
명령〈시편 12:1〉)

하늘과 땅의 모든 권세를 가지시고 만물을 복종케 하시는 나
사렛 예수 그리스도의 이름으로 명하노니 낙심과 좌절, 근심과
걱정, 불안과 두려움, 외로움과 우울증, 열등의식과 죄책감, 불평
과 원망, 시기와 질투, 섭섭한 마음과 미움, 의심과 정죄하는 마
음, 교만함과 불순종, 각종 스트레스와 모든 부정적인 생각과 게
으름을 갖다 주는 악한 원수 사탄마귀는 김광해를 괴롭히지 말
고 네 묶음을 놓고 싹 물러갈지어다.

내 영혼아 깨어라! 내 영혼아! 깰지어다! 너는 여호와를 바랄
지어다.

강하고 담대할지어다! "내 영혼아! 네가 어찌하여 낙망하여 어
찌하여 내 속에서 불안하여 하는고? 너는 하나님을 바라라! 나
는 네 얼굴을 도우시는 내 하나님을 찬송하리로다" "내 영혼아
여호와를 송축하라. 내 속에 있는 것들아 다 그 성호를 송축하

라. 내 영혼아 여호와를 송축하며 그 모든 은택을 잊지 말지어
다. 저가 네 모든 죄악을 사하시며 네 모든 병을 고치시며 네 생
명을 파멸에서 구속하시고 인자와 긍휼로 관을 씌우시며 좋은
것으로 네 소원을 만족게하사 네 청춘으로 독수리같이 새롭게
하시도다."

(2) 나 자신의 몸을 향한 명령(막 4:2, 약 5:15)

아픈 곳의 손을 얹고 오장육부를 향해 명령을 내립니다. 현재
건강할지라도 몸에 병이 발 못 붙이도록 믿음의 고백을 한다. 하
늘과 땅의 모든 권세를 가지시고 만물을 복종케 하시는 나사렛
예수 그리스도의 이름으로 명하노니 (김광해)의 모든 질병은 떠
나가고 얼씬도 하지 말지어다. 깨끗하게 치유함을 받을지어다.
오장육부는 강건할지어다. 피곤은 사라지고 새 힘이 넘칠지어
다. 각종 병균과 바이러스는 즉시 죽고 암세포는 얼씬도 하지말
지어다. 온몸의 건강한 세포는 살아날지어다. 모든 수치는 정상
수치가 될지어다. 우리는 건강하고 행복한 하나님의 자녀이다.
"너는 알지 못하느냐 영원하신 하나님 여호와 땅끝까지 창조하
신 이는 피곤치 아니하시고 곤비치 아니하시며 명철이 한이 없
으시며 피곤한 자에게는 능력을 주시며 무능한 자에게는 힘을
더하시나니 소년이라도 피곤하며 장정이라도 넘어지며 자빠지되

오직 여호와를 앙망하는 자는 새 힘을 얻으리니 독수리 날개 치며 올라감 같을 것이오 달음박질하여도 곤비치 아니하겠고 걸 어가도 피곤치 아니하리로다."

(3) 뇌세포를 향한 명령(야 1:5 빌 4:13)

의학적으로 밝혀진 결과 우리의 뇌 속에는 140~150억 개의 뇌 세포가 있지만 죄로 말미암아 뇌세포는 많이 어두워지고 잠들 게 되었다. 그러나 예수의 피로 말미암아 죄 사함을 받은 성도 들은 진정 다시 그 지혜를 회복 할 수 있습니다.

    – 제공 : 사랑하는 딸 김 숙희 인도 기도시.

제 2 부

愚草(우초) 吟豐(음풍)의
시단 등단(짱壇)과 일반적 시인의 시(詩)

작가가 운영하는 시민 단체 "바른사회만들기운동본부" 년 1회 정기총회시
우수회인 경기 군포시회를 시상하는 상임 대표 김광해 총재(좌)

1994년 11월 26일 민주당 주최로 대전역 광장에서 거행된 12·12 군사반란자 기소촉구 즉각 재판회부 국민 궐기대회에서 12·12 쿠데타 진상규명 모임의 사무총장인 필자가 연설 후 100만 청중에게 인사하고 있다.(사진 단상 좌로부터 노무현, 이부영, 조세형, 한광옥 의원)

대전역 광장에서 거행된 全, 盧 즉각 재판회부.
국민궐기대회에서 전국지역 대표가 참석한 100만 군중에게 연설하는 국내 시민 단체 중 가장 오래된 25년 창립역사의 본 시민단체 "바른사회 만들기"(바사본) 대표이며, 12·12 쿠데타 진상규명위 김광해 사무총장이 연설하고 있다(국내 시민단체 대표로는 최대 관중 집회 연설이었음).

시인 등단 배경

(乙支出版韓國詩選(을지출판한국시선) 대사전, 543p)

한국의 대표 詩事典(시사전) 을지출판 韓國詩選(한국시선) 大事典(대사전) 543P 내용: 이 시사전은 을지출판 공사에서 한국의 유명시인 작품을 집대성한 "한국 시인 대사전" 수록내용이다.

김광해 시인 등단 배경 및 인적 요약

김광해 金光海 Kim kwang hea

시인 호 愚草(우초) 필명 吟豊(음풍), 경기도 여주시 출생 경기대학교 행정학과 졸업 한양대학교 행정대학원 졸업 고려대학교 정책 대학원 건국대학교 문학창작과정(문학 창작 전공) 수료. 1989년부터 習作(습작). 2000년 詩문학전문잡지 "포스트 모던" 신인상에 詩 〈내고향〉 외 5편이 입상. 선정되어 등단.

육군중령(정훈장교) 전역. 현재 월간 〈교통저널〉 발행인 건국대 건문회장 행정사 김광해 사무소장 시민단체 〈바른사회 만들기 운동본부〉 상임대표 총재, 대통령 표창 등 30여 회 수상.

대표 시, 『내일을 위하여』

그 외 저서 『고발: 1995』, 『12·12 군사반란: 1998』, 베스트셀러 『제5공화국』, 시집 『그리움은 가슴마다』 등이 있음.

그의 작품들은 군사반란이라는 격변의 시대 상황을 온몸으로 부딪치면서 과연 섭리, 진리가 있는가 있다면 神은 무엇 하는 것인가? 윤리와 도덕이 땅에 떨어지고 거짓과 위선이 판을 치고 있지만 무엇 하나 제대로 안 되는 이 세상을 저주 할 때마다 생각 나는 正義 人生 鄕愁 그리움 사랑 등을 고뇌하며 안타까움 슬픔을 극복하려고 시(詩)를 쓴다.

현재, 서울특별시 강동구 양재대로143길 40 한영 팰리스 601호 거주.

인터넷 〈네이버 블로그〉 "인물사"

중령 김광해: 네이버 블로그 인물사 14, 12, 10

뻘글 집합소

중령 김광해(1943~)

인터넷 네이버 뻘글 집합소 "인물사" 사진 취재

　단기사관 1기로 임관한 이후 1979년 육본 작전참모부장 하소
곤 소장 비서실장으로 재직 중 쿠데타가 터지자 직무 수행 중
수경사 헌병 부단장 신윤희 중령과 1급공수여단 박희도 여단장
의 반란군 병력의 총에 총상을 입고 이후 강제 전역.

이후에는 예편된 정승화 전 계엄사령관 겸 육군참모총장 (예비역 대장)의 비서를 지냈으며 전두환 노태우를 12·12반란 혐의로 국민최초 살인죄, 반란죄 등으로 고발단죄하였다.

　1987년 굴절된 민족정기와 역사 바로 세우기 운동본부를 창립 상임대표 총재로 민주화 시민 사회 운동가로 활발히 활동 중이다.

시인 등단 入賞詩中(입상시중) 1編(편)
: 내일을 위하여

인걸은 많으나 변화는 없구나
부자는 없고 졸부가 판을 친다
부끄러운 세상 어찌 살꼬

섭리와 진리를 외면하지 않고
윤리와 도덕을 배척하지 않는
준법과 질서를 언제면 지킬꼬

전라도 충청도 경상도가 하나 되고
이남과 이북이 하나 되는
그날이 언제쯤이면 이 땅에 올꼬

열심히 일하여 보람을 찾고
이웃끼리 서로 믿고 사는 아름다운 사회가
언제쯤이면 이 땅에 올꼬

역사는 흐르고 있다

역사는 증언하고 있다

후손에게 부끄럽지 않은

내일을 위하여…

내일을 위하여 살자

김광해 작가 부부
울릉도 여행 시

그리운 어머니

어머니!
언제 불러도 그립고 다정한 그 이름
불러보지 못하고 살았습니다
아무리 외쳐도 대답이 없고
애타게 그리워도 만날 수 없는
나의 어머니는 어디에 계십니까?
그리운 어머니!
어머니는 추운 어느 날
네 살배기 어린 나를 두고
어디론가 홀연히 떠났습니다
어머니가 떠난 자리는 너무나 커
세월은 가도 가시지 않고
수많은 날들을 어머니 생각에
울고 또 울었습니다

문밖에서 들려오는 바람 소리에도

혹시 어머니가 아닌가 싶어

수없이 맨발로 뛰어나갔습니다

그러나 어머니는 오시지 않고

기다림과 그리움의 눈물 속에서

그만 반세기가 지났습니다

그리운 어머니!

애타게 보고 싶습니다

생사라도 알고 싶고

꿈속에서라도 보고 싶습니다

어머니는 지금 어디에 계십니까

아! 그리운 나의 어머니

김광해 출판 및 회갑 기념 축하연(육군호텔) 前 인도 파키스탄 유엔군
사령관 안충준 장군 축하(중앙) 받음

영원히 사랑하는 나의 아내

물망초 같은 구름안개 같은 자태로
내게 살며시 다가와
나와 함께 한지 어언 50여 년 星霜(성상)
기쁜 일 즐거운 일 슬픈 일도 많았지만
모든 것 잘 참아 내고

약관 24세 앳되고 앳된 새아씨가
이 못난 사람에게 일생을
받치기로 하고 시집을 왔습니다.
긴 머리에 미니스커트 입은 그 모습은
날개를 활짝 편 백조 같이 아름다웠고

흠잡을 곳 한곳 없는 깨끗한 천사 같은
모습은 내 가슴을 설레기에 충분했습니다.

어느덧 세월은 흘러 흘러 나이 먹고 먹어

70세가 넘으니 곱디곱던 백옥 같던
그 피부는 옛 모습이 없어지고 잔주름이 하나둘
생기더니 할머니가 되었답니다
특히나 난치병의 뇌경색을 앓고 있는 남편 나 때문에 너무너
무 고생이 많습니다

나는 그래도 자연스럽게 나이 먹어가는
나의 아내를 보면 젊었을 때 보다
더 아름답고 더 예쁘고 사랑스럽습니다.
여보! 죽는 날까지 이렇게 변함없이 사랑하며
살아갑시다.
여보! 절대 아프지 마오
당신이 아파하면

김 시인 아내 1

나는 가슴이 무너지는 듯하고 내가 더
근심 걱정이 태산 같고 더 아프답니다.
우리는 夫婦(부부) 一心同體(일심동체)가 아닙니까.
그러기에 죽도록 사랑하기 때문에 당신보다 더 아프답니다

김 시인 아내 2

어떤 경우라도 아프지 않게 사전 건강 관리 잘하고
건강 이상 예방에 최선을 다하기 바라오
사랑합니다. 영혼까지 영원히 사랑합니다.
할 수만 있다면 죽을 때도 같이 죽읍시다.
고생 많았습니다. 고맙습니다. 감사합니다.

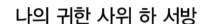

나의 귀한 사위 하 서방

어디서 하서방 같은 귀하고 귀중한 사람이 태어났노!
우리 딸과 결혼하여 우리 사위가 된 지 20여 년이
되어 가도 短點(단점) 하나 찾을 수 없는
완벽한 장점투성이의 한국의 건실한 남성 우리 사위!
낳아준 부모에게, 우리 장인 장모에게 최선의
효심을 다해 효도하는 성실하고 근면한 착실한
단 한 사람의 우리 사위!
자기 사업을 시작, 많은 고생과 실패의
충분한 경륜을 쌓아 이제는 각고의 고생 끝에
거칠은 荒野(황야)에서 살아날 수 있는 투지의
사업인이 되었고 적자에서 흑자를 성취했으니
더 이상 기쁜 일이 어디 또 있겠는가
매월 장인, 장모 용돈까지 주니 이보다
더 고마울 때가 또 있겠는가.
사위의 기특하고 거룩한 마음씨는
부자 이전 巨富(거부)이네.

아이들도 사위, 딸을 닮아 효심이

지극하고 아름다우니

늘 하나님의 恩寵(은총)과 加護(가호)가

있어 발전할 것이며 승승장구하기를 기도합니다. 아멘!

나의 사위 하(공명) 서방과 같이
착하고 착한 사람 효자 사위

내 고향

내 고향 여주는
인심 좋고 쌀 좋기로 유명하다
봄이면
모내기에 일손이 바쁘고
여름이면
김매기에 하루해가 짧다
가을이면
오곡의 황금벌판에서
풍성한 추수의 결실이 있다
겨울이면
안방에 군불 지피면서
동지섣달 긴 밤을
이야기로 지샌다

회갑기념 출판회에서 건대 임이록 동문회장(실록 『血脈(혈맥)』 작가)이 축하연설을 하였다.

회상

나는 일 세기의 반 이상을 살면서
하나도 이룩한 것이 없다
남들은 돈 많이 벌고
높은 자리에 앉아
출세했다고 하는데
나는 지금까지 무엇을 했나
백이면 백, 흑이면 흑
정의가 아니면 죽음을 외치는 나는
선친의 가르침이
지금의 나를 만들었다
명예보다는 돈이고
돈이면 무엇이든지 한다지만
나는 돈보다
명예를 위하여 산다

떠나간 사랑

사랑이라는 것은 아픔입니다.
사랑이라는 것은 이별입니다.
이별을 하고서도 아픔은 남아
지울 수 없는 이별이 되었습니다.
이젠 다 잊는다고 굳은 마음 이것만
죽기 전엔 영영 못 잊을 것입니다.
떠나간 사랑 때문에
이토록 온몸으로 울어야 하다니
내가 죽는 날까지 내 가슴
영원한 사랑으로 남을 것입니다.
사랑하지 않아야 할 사람을
사랑한 것은
잘못이 아닙니다.
세상에 태어나
단 한 사람을 사랑한 것은
나의 영원한 행복이었습니다.

떠나간 사랑이여
사랑의 아픔과 이별은
행복 그 자체입니다.

옛날 친구

눈감으면 아련히 떠오르는
어릴 적 친구 창순이
눈뜨면 멀리서
달려오는 듯
너는 지금 어디서 무엇을 하니

학교 갈 때 너와나는
두 어깨를 나란히
십 리 길도 멀다 않고
걷고 뛰고 달렸지

학교 종이 울릴 때면
우리마음 조리면서
힛죽 멋쩍게 웃었지

죽마고우 친구야

소리 질러 불러봐도 대답이 없구나
너는 지금 어디서
무엇을 하니
애타게 부르다가
울어버린 나
아! 아!
그립구나! 옛날 친구여

향수

내가 태어난 곳은 면내에서 동쪽으로
양지바른 야산 기슭 초가집
우리 집 울타리를 끼고 시작된 오솔길은
집 너머 작은 산봉우리 두 개 넘어
우리 큰 밭으로 쭉 뻗어 있다

나는 이 길로 아버지를 따라
지게 지고 소를 몰고
콩도 심고 보리 씨도 뿌리고
마늘도 심고 참외도 따고

아! 꿈에서도 그리운
집 너머 오솔길과 산봉우리 가고 싶은 내 고향
지금은
오솔길 산봉우리 소나무 향 내음도 간 곳이 없고
덩그러니 학교 운동장이 되어 삭막하기만 하다

그 옛날 내가 뛰놀던 없어진 오솔길 산봉우리가
가슴이 저미도록 그리워진다

엄미리 계곡에서

산도 깊지 않은 엄미리 계곡에
올해도 여름은 찾아왔나 보다

지난 겨울에는 눈이 많이 내려
온 계곡이 백설로 뒤덮이더니
지금은 울창한 숲이 되어
산새 소리만 들려온다

계곡에서 흐르는 힘찬 물소리는
신들린 음악도의 지휘자 같고
한 많은 사람들의 절규도 같다

유리알같이 맑은 물속에는
이름 모를 고기 떼 몰려 놓고
물안개 피어나는 계곡 바위들은
신선이 놀다간 자리 같다

발아래 꿈틀대는 물고기에 놀라
잽싸게 두 손으로 잡으려 하니
흙탕물 치며 어디론지 달아났다

– 엄미리 계곡: 경기도 광주시 남한산성 계곡에 위치함

한강

태고 때부터 수만 년을
마르지 않고 흐르는 한강

주변 산과 들판이 개발이란 이름으로
파헤쳐지고 찢기어도
굳건히 자리 잡고 흐르는 한강

민족의 젖줄 자부심 속에
오늘도 내일도
민족혼을 안고서 흐르는 한강

한강아!
민족의 한강아!
역사와 함께 조국과 함께
영원불멸하게 이어져 갈
자랑스러운 우리의 한강

한강 살리기 시민 운동 캠페인에 참석한 김광해 시인

노을

노을은 어디서 와서 어디로 가나
찬란한 너의 몸 황금빛이 눈부시다
기러기 한 쌍이 너를 향하여
정답게 이야기하며 날아간다
엄마구름 아빠구름
뭉게구름 비늘구름
노랗게 불그레 물들어져서
새악시 귓볼처럼 아름답구나

미세먼지 공해가 없는 청정지역 만들기 시민운동 전개

인생무상

아래 시는 필자가 뇌졸중으로 쓰러져 죽음의 위기를 극복한 뒤 그리운 반면 미운 사람, 원수 같은 사람, 고마운 사람들이 병상 꿈속에서 떠오를 때의 시상을 기술한 시이다.

인생무상(人生無常)

인생이란 무엇인가!
어디서 왔다가 어디로 가는가!
인생이란 추풍낙엽(秋風落葉) 이런가!
인생이란 운무(雲霧)와 같은 것
밀물 썰물과 같은 것
인생이란 누구나 빈손으로 왔다가 빈손으로 다 가는 것
영육(靈肉)이 다 가는가!
육만 가고 영은 영원한가
전지전능하신
우주 만물 생사 화복(禍福)을

주관하시는 하나님 아버지!
이 아들은 영(靈)의 세계를
아직 모르나이다.
아버지가 계신
영(靈)의 세계로 인도하여 주십시오.

이 아들에게 주신 뇌졸중 난치병도 하나님 아버지이시고
치유하실 분도 하나님이심을 굳게 믿습니다. 아멘. 주여.

인생을 아는 이는
모진 고난, 가난, 투병, 고통을 극복한 사람만이
인생을 안다는 것이다.
사업을 하면서 부하 직원 월급날을 맞이해 본 사람
부하 직원 한 사람이라도 월급을 주어 본 사람
사기를 당해 본 사람
큰 중병에 걸려 고통을 참지 못하고 죽겠다고
극단적인 생각을 하고 실천 중에 하나님의 은혜로 죽지 않고
살아난 사람이 인생을 안다는 것이다.
그런 모진 고난의 경험을 해보지 않고는
참 인생을 모른다.
큰 뜻 큰 희망을 성취하지 못한 사람은
더욱 참 인생을 모른다.

부귀영화를 누리고 산 사람
고정 수입으로 다람쥐 쳇바퀴 돌듯 뺑뺑이 삶을 산 사람은
진정 인생의 참맛을 모른다.

건강하다고 자만하지 말고
병 없다고 거만 떨지 말고
병 있는 것을 감사하게 생각하고
병 있음으로 조심하고 겸손(謙遜)을 배우니
겸손하고 감사하는 마음을 갖자

남을 따라잡을 수 없는 능력을 갖고
비굴한 짓을 하는 사람은 어리석은 인생이다.
얕은 꾀부리지 말고
비굴한 짓 하지 말고
내 능력이 이것뿐이 안 되니 능력대로 사는 것이
옳은 일이다
능력이 모자라는데 큰 인연의 친구를
따라잡으려다 큰코다치고 친구 다 잃는다.
네 능력대로 사는 게 순리이고 길이다.
이 세상만사가 그렇게 만만치 않다는 것이다.
죽기 전에 철 나야 한다.

누구나 세월 흘러 나이 들면 병들어 죽는 인생

지금 건강하다고 교만(驕慢) 떨지 말고 곧 아픔의 고통을 경험
할 것이네

비굴한 짓 하지 말고

동기회비로 생활비 하지 말고 그 비행을 동기생들 다 알고 있
으니

철없는 짓 그만하게

키 크고 싱거운 놈 없다더니

아무것도 아닌 놈이

너무 건드렁거리지 말고

자신을 너무 모르니 자신을 다 숨기고 살려도 양심이란게 있
다네

친구들 다 떠나기 전에 정말로 철들어야 하네.

자네보다 못한 머리 가진 놈이나 따를 것이네.

고향 친목회서 내쫓긴 의리 없는 놈,

개, 돼지만도 못한 쓰레기 같은 놈과 무엇하는 짓이냐?

못난 짓의 결과는 가정과 자식들이 불행해진다.

이제라도 정의, 정직하게 깨끗하게 살고

배우자의 잘못을 용서하는 자가 현명한 인생

천년 배필을 미워하면 누워서 자기 얼굴에 침 뱉는 격이니

이혼하겠다는 소리 그만하고

망측하고 부끄러운 짓이니 아무리 머리가 아둔해도
봉사하며 살다 가는 인생이 아름다운 인생이다.

인생은 엄마 배 속에서 내 의사와는 무관하게
공수래공수거 빈손으로 왔다가 빈손으로 가는 것.
가슴 아픈 인연은 갖지를 말자.
너무 호색을 즐기고 기쁜 일 즐거운 인연도 자만(自滿)하고
후회(後悔)하기 쉬우니 갖지를 말자.

과도한 음주로 정신 못 차리면 단점이 다 노출되어
부질없는 짓도 많이 하면 속없는 사람이 되니
부끄러울 수밖에 없다.
더욱 큰 은혜 모르는 사람은 액운이 있으니 조심할지어다.

흙 한 점도 갖고 가지 못하는 인생!
무상한 인생이 아니더냐?
알게 모르게 지은 죄를 주님, 하나님, 아버지께 모두
용서(容恕)와 사(赦)함을 받고
나그네 인생길을 감사하게 생각하며 살아가라.

인생은 어디서 왔다가 어디로 가는가.
100년도 건강하게 살지 못하면서 뭐 잘났다고

거드름을 피우는가
웬 욕심 그리 많은가.

네가 이 고통 아픔을 알 리 있겠소
네가 너희들이 병들어 아파 봐야 알 것이다.
그때 그의 아픔을 위로 못 해준 것을 크게 후회할 것이다.
이 세상 사는 것이 허무와 무상인 것을 그때야 알 것이다.

미운 사람 용서하고
욕심 없고 원한 없게 살도록 노력해야 한다.
마음을 비우고 살아야 건강도 주신다
인간은 인생무상을 누구나 경험하게 될 것이다.
인생은 어디서 왔다가 어디로 가고 있는가

수고하고 짐 진 자들아 다 내게 오라 주 하나님께로 오라
너를 편히 쉬게 하리라. 주여! 아멘.

두려워 말라 내가 너와 함께 함이니라 놀라지 말라
나는 네 하나님이 됨이니라 내가 너를 굳세게 하리라
참으로 너를 도와주리라 참으로 나의 의로운
오른손으로 너를 붙들리라

네가 찾아도 너와 싸우던 자들을 만나지 못할 것이오

너를 치는 자들은 아무것도 아닌 것 같이 허무한 것 같이 되리니

이는 나 여호와 너의 하나님이 네 오른손을 붙들고 네게 이르기를

두려워 말라 내가 너를 도우리라 할 것임이라. 아멘.

나는 나를 사랑한다. 남들은 잘 모르지만 나는 당당하게 보이려고

허리를 꼿꼿이 세우고 휠체어에 앉아 있다.

뇌졸중 후유증으로 약간의 불편함은 있으나 이 정도 불편한 것은 감사하며

또 감사하며 산다. 나보다 더 고통스러운 환우도 많은데 2년여 준비한 집필 끝에 여섯 번째 역작 특별 에세이 제3시집 종합판을 집필 출판했다.

또한 제3시집 김광해 비평시집은 흥미있고 특색있게 창안 심층연구 집필 출판했다. 내가 지니고 있는 재능에 대한 고마움이 자기 사랑과 자랑이고 그것이 나와 나 자신의 세상을 아름답게 만드는 긍정의 힘이라고 생각한다.

봄비 오는 날의
막걸리와 부침개

봄비가 내린다.
춥고 춥던 매서운 추위도
어느새 소리 없이 어디로 가버리고
하얀 눈으로 천지를 뒤덮었던
은백의 백설이 모두 사라진 추운 겨울이 지나가고
소식 없이 봄비가 내리고
생명체를 가진 삼라만상이
봄비를 맞고 기지개를 켜며 푸른 새싹 들이
앞다투어 고개 숙이고
세상 밖으로 수줍게 올라온다.

따뜻하고 포근한 봄비 오는 날은
부침개를 부쳐 막걸리 한잔과 같이 먹는 날
봄비 오는 날의 막걸리와 부침개 먹을 때
젊은 날의 향수와 그 낭만 그 맛을 영영 잊을 수 없다.

병실에서 처음 맞이한
함박눈의 追憶詩(추억시)

　나는 2007년 2월 3일 뇌졸중 발병으로 입원 후 병실에서 처음 맞이한 함박눈이 내리는 것을 보면서 지나간 喜悲哀樂(희비애락) 일들이 떠올라 눈물이 왈칵 쏟아졌다.

　나 같이 그렇게 건강 관리를 철저히 잘하고 매일 등산으로 체력을 단련하고 있을 때 의외 뇌졸중이 찾아와 그 아픔과 고통은 말할 수 없었다.

　사춘기와 고교 시절은 신문 배달 고학으로 매일 조석으로 80㎞(200리길)를 걷고 뛰고 달리는 체력 운동으로 무쇠 다리로 단련되어 자랑할 만 했고 20년 이상 군 생활 중에는 끊임없는 구보와 마라톤으로 신체를 단련하였고 전역 후는 거의 매일같이 산에 올라 고사리 두릅 버섯 산나물을 채취 삶고 말려 판매하기도 하며 용돈을 벌기도 하며 건강관리를 하였는데 무엇이 잘못되어서 인지 치욕적 뇌졸중이 찾아온 것인지 모를 일이다.

　나의 어머니는 시어머니의 시집살이를 못 이겨내고 내 나이 네 살 때 가출, 얼굴도 모르며 아버지는 73세에 뇌출혈로 돌아가서 나의 발병은 가족력이 주된 원인이 아닌가 하는 의구심이들기도 한다.

2007년 겨울 2, 3월은 눈이 한없이 폭설이 내린 한해였다.

건국대 의료원 병실 침대에 누워 있으면 툭 하면 함박눈이 날려 마음을 우울하게 쓸쓸하게 만들고 더욱 슬프게 만들었다.

어린 아이 때 눈이 오면 일찍 일어나 집 앞 뒷 마당에 쌓인 눈을 싸리 빗자루로 씰어냈고 눈사람을 만들고 고모들과 눈싸움을 한 추억이 떠오른다. 통증의 고통과 환난이 물밀 듯이 몰려오면 나를 더욱 슬프게 한다. 눈사람을 만들고 뛰어놀던 옛 그 시절이 그립고 그리워진다. 눈 맞으며 200~300부의 신문을 옆구리에 끼고 힘들게 신문 배달 하던 그때가 그리워진다.

종로구 팔판동, 삼청동 애독자 집의 주소를 지금까지도 암기하고 생각이 난다. 배달사고없이 꼼꼼히 확실히 배달하는 것이 내 특성이었다.

나의 암기력은 가히 자랑할 만하였다.

뇌줄중 뇌경색증은 뇌 신경 세포가 죽어 (재생이 불가) 불구가 되는 병, 난치병으로 인간에게는 치명상을 입히는 나쁜 병이다. 그러나 나는 하나님의 은혜로 발병 전보다 꾸준한 재활 운동으로 인지도 좋아졌고 기억력도 좋아 한국의 유일한 뇌경색 다큐 작가이다. 생활에는 정상인보다 약간 불편하지만 정상인이 할 수 있는 일은 거의 다 하고 산다.

세상 친구 중 최종 승리자는 가장 오래 사는 자가 승리자라고 믿고 최종승리자가 되려고 노력한다. 승리하자. 아멘!

제 3 부

愚草(우초)의 國家觀(국가관)과
愛國(애국) 思想武裝(사상무장)
衷情詩(충정시)

시인 경기대학 졸업 기념 시

한양대 행정대학원 졸업 기념

김광해 출판 및 회갑기념 축하연 (육군 호텔) 前 인도 파키스탄 유엔군사령관 안충준 장군 축하(중앙)를 받았다. 경기대 총동문회장과 국회의원 이인제 의원의 화환을 보내 축하하였다.

國盜(국도)

(세월호 사건, 有感詩(유감시))

吟豊愚草 詩壇(음풍우초 시단)

批評詩人(비평시인) 김광해

國盜(국도), 세월호 침몰사건 유감

아! 사랑스러운 내 조국! 이 나라를 누가 이렇게 만들었나!

세월호 사건은 국민 전체의 책임이며 수치다.

불법 부정부패, 비리의 오염 공화국이 왜 되었나?

힘든 일 안 하고 노력 안 하고 한탕 성공하면 권력 돈 금권 여

자가 쏟아진다. 우르르 몰려온다!

야! 개뼈다귀 같은 세상, 누가 이렇게 만들고 망쳐놨나!

이 나라 불법 비리의 원조는 군 반란

정권 찬탈 군권 탈취 불법 한탕이 씨뿌린 오염이 이렇게 더러운 결실의 열매 맺어 퍼진 것 땀 흘리며 고생하고 살 이유가 없다.

역대 국가 통치자, 고위관료, 정치인 나으리 들은 제일 먼저 주워 먹고 막 싸 대고 감방 가서 공짜 밥 먹고 또 배 아파 운다.

불행한 나라, 복도 되게 없는 불행한 국민! 총 한 방 잘 쏘면 팔자 고치고 모든 것이 내 것이 되는 세상! 역대 통치자는 사형에 처해야 할 국도자들에게 돈먹고 처벌 안 해 대형사고 발생 공화국이 된 것이다.

안전행정부가 무엇이냐고 비아냥 칼날 세우던 의원 나리. 누가 누구의 책임이라고 하는 잘못된 나라 세월호 사건은 올 것이 온 총체적 난맥상 천재 아닌 인재!

대통령이 세월호 사건 내라고 했나? 걸핏하면 대통령 사과 요구 청와대로 가자! 시위는 한심하고 땅을 치고 통곡할 3·1 독립 정신의 白衣民族(백의민족)은 어쩌다가 이렇게 되었나?

후손에게 부끄러운 나라 물려 주지 않기 위해 불법 비리 없는 정의로운 국가, 사회 성취하자. 국가 성취하자. 성수대교 붕괴, 삼풍백화점 주저 앉은 것이 대형사고 원조, 어느 곳 하나 제대로 된 것이 없는 나라! 불법 적폐를 엄정히 청산하지 않는 한 조국과 후손의 장래와 희망은 없다.

죄졸중(뇌경색) 환자 중 가장 훌륭하고 유명한 다큐 작가가 되자. 난치병 치유를 위해 최선을 다하자!

  안 되면 되게 하라는 군인 정신으로 고급 장교 출신답게!

  투철한 군인정신으로 치유하자. 굳건한 하나님 믿음을 바탕으로 불변의 신앙 정신으로 조국 발전을 위해 기도하고 병든 내 몸을 치유하자!

저서 제6권 출판기념 시 박근혜 대통령께서 축하 화환을 보내주셨다(국방회관 태극홀)

기념시

(장교임관 22주년 기념祝詩(축시))

제목 : 戰友情(전우정)

作詩朗讀(작시낭독) : 시인 김광해, 장교동기회원

길다면 길고 짧다면 짧은 아! 흘러간 22개 성상!
우리는 약관의 나이로 조국의 간성이 되고자
지금부터 22년 전에 전라도 광주벌에 모였었다
소금기 절인 훈련복에 땀 내음 진동하는 콘센트 속에서
우리는 꿈을 키우며 폭염의 삼복더위를 보냈었다
창군 이래 가장 똑똑하고 훌륭했다는 우리 동기생들은
많은 선배들의 수많은 칭찬과 신뢰를 한 몸에 받으며
상하의 나라 월남에서
전방과 후방에서

1995. 12. 16일 부정부패 추방 시민연합(대표 이세중 전변협 회장 창립
대회에서 이 시대 정의로운 인물 박계동 의원과 필자가 선정. 연설을
하고 있다.(단상 연설하는 필자)

부정, 부패 추방 시민회의 운영위원과 본본부의 연합거리시위(좌, 김광
해)

화려하고 추억어린 초급장교 시절을 보냈었다

이끌어주는 이 없고 밀어주는 이 없어도

황야의 개척자 정신으로

용광로를 녹일 듯한 독한 신념으로

우리는 능력을 인정받기 위하여

무던히도 피땀 흘리며 애썼던 동기들

이제 우리들은 청춘을 불사르던 군문을 떠나게 되었고

사회의 모진 풍파와 싸워 반드시 이겨야 하는

현실에 살고 있다

인간은 혼자 살 수 없다

용빼는 재주는 더욱 없다

독불장군은 더더욱 없다

조국과 민족을 위하여 이 몸 바쳐 싸울 것을 결의하였던

그 전우애 그 우정으로 어느 곳에 살더라도

굳게 뭉쳐 사랑하고 도우며 살아가야 한다

우리는 영원불멸의 친구요 가족이다

평생 동지의 우정을 길이길이 간직하자

적어도 오늘 이곳에 모인 10.1 장교 동기회 여러분은

우정과 신의의 주인공들이다

오늘같이 즐거운 날 환희와 회포의 건배를 들자

인생은 너무나 짧은 것

벌써 50대의 주름이 황혼의 의미를 실감시킨다

이 짧은 인생길에 우리들 서로 간에
독선과 아집의 불편한 관계는 모두 날려 보내고
서로 용서하고 사랑하며 이해하고 살자
우정은 산길과도 같은 것
자주 오가지 않으면 어느새 풀잎과 나무가 쌓여
그 길은 없어지나니
10.1 동기회 여러분!

우리의 귀한 인연의 바탕에서
기쁜 일이나 슬픈 일이 있을 때마다
다 우리 모두 달려가 기쁨을 축하해주고
슬픔을 같이 해주는
영원한 친구 영원한 우정의 전우가 되자
임관 22주년을 맞이하여
먼저 유명을 달리한 동기생에게 명복을 빌며
오늘같이 즐거운 날 영원히 영원토록 빛나게 하자

1988년 10월 8일 만추가절

명복시 (천안함장병전사추념詩(시))

천안함 46용사 전사 3주기 추모시

비통한 심정으로 作詩(작시): 비평시인 김광해

아래는 북한의 만행으로 폭침된 천안함 장렬한 전사 3주기를 맞이하여

고귀한 죽음을 추모하며, 그대들의 넋은 영원히 조국 강산을 빛낼 것이며

그들의 숭고한 희생을 숭모한다는 내용을 담은 추모시이다

오늘 3월 26일은 조국을 지키다 서해 바다에서 숨진

천안함 폭침 46명의 용사와 한주호 준위의

희생을 기리는 3주기를 추모하는 의미심장한 날!

조국의 부름을 받고 조국을 위해 헌신하신 용사들을

진심으로 숭모하며 애도합니다.

사랑하는 아들과 남편과 아버지를 잃은

유가족의 참담한 마음을 위로합니다.
시간이 아무리 흘러도
그대들이 조국을 위해 헌신하신 애국심은
절대 헛되지 않을 것입니다.

오늘도 아들의 묘를 찾아와 묘비를 닦고 계신 어머니
그대 모정의 눈물을
무엇으로도 보상할 수가 없습니다.
내 아들 내 남편 내 아버지는 조국을 위한 진정한 애국자!

영원불멸의 아들이요, 아버지요 남편입니다.

눈물을 닦아요, 한숨을 그만 그쳐요.
나라 위해 목숨 바친 장렬한 전사
오래도록 빛낼 것이며
그대의 고귀한 넋을 위로 추모할 것입니다.

그대가 계신 곳은 차가운 바다 물속이 아니고
기쁨과 행복이 가득한 나라
편히 쉬소서 행복하게 잠드소서
나라를 지키는 가장 큰 힘은
우리 모두의 투철한 안보 의식과 단결입니다.
안보에는 너와 내가 없으며 여·야가 있을 수 없습니다.

천안함 46용사가 남긴
고귀한 뜻을 받들어 3주기 추모식을 계기로
더욱 철저히 대한민국을 수호하고 희망의 날개를 펴
미래 희망의 출발점이 되고
조국의 앞날을 지키는 초석이 되자!

고귀한 목숨을 나라에 바친 46인의 용사
그대들은 영원불멸의 용감한 용사

그대들의 고귀한 희생으로
대한민국이 존재하고 다시 힘차게 살아 숨 쉽니다.

북한은 어찌하여 그토록 젊은 그대들을 폭침시키는가?
젊은 46용사 목숨을 뺏어간 북한 당국의 무모한 도발에
나라를 지키는 해군 용사 46명과 한주호 준위의 넋이 분노
한다.

북한의 잠수함 어뢰를 이용, 타고 있던 함정을 폭침시켜 두 동
강으로 만들어
차디찬 서해 바다에 수장시키는 만행을 저지른
북한 당국은 하나님의 저주를 무서워할 것이다. 오! 주여 아멘.

12·12 군사반란이 남긴
망국적 弊害詩(폐해시)

불법 비리 만연, 윤리와 도덕이 사라져 혈육에 총칼질, 인명 경시 풍조, 한탕주의 사기꾼 오염국가로 전락!

12·12 군사반란이 우리 국민에게 준 폐해는 너무나 크다. 그것은 우선 피폐하고 결핍된 정신문화를 안겨 주었다. 윗사람을 모르고 낳아준 부모를 모르고 도덕과 윤리를 모르는 무질서의 유산을 남겨 주었다. 그리고 지나친 개인의 욕심과 욕망의 투쟁·경쟁사회를 만들어 메마른 인정 속에서 나만 잘살겠다고 하는 독선주의가 팽배한 사회가 되었다. 또한 이기주의적이고 배타적이며 이웃을 불신하고 국가를 불신하며 교육을 불신하는 등 각 분야에서 엄청난 불신사회를 만들어 각종 부정부패, 비리를 만연시킨 한탕주의 망국병의 나라를 만들어 놓았다.

특히, 최근 군대 내에서 빈번히 발생하고 있는 군기 사고인 하극상 사고는 참으로 우리 국민들을 우울하게 만들고 있었다. 군대는 국가와 국민의 최후 보루(堡壘)인데 이러한 불행한 사고로 얼룩진다면 국민은 누구를 믿고 살아야 할지 불안과 걱정이 태산이었다. 건국 이후 전례가 없었던 일등병이 장교대위, 중대장을 조준 사살하는 해괴한 상관살해 사건이나 군대 내에서 발생하고 있는 각종 하극상 군기 사고는 우리 젊은 세대들이 잘못되어 있다는 증거였다.

그것은 한탕주의, 군권찬탈이 몰고 온 도덕성 상실이 그들에게 오염된 것으로 전두환 일당이 뿌린 12·12 군사반란이 바로 그 씨앗인 것이다. 지존파의 마구잡이 살인사건이나 교수가 부모를 칼로 찔러 죽이는 인명 경시의 패륜적 범죄사건 막가파의 무자비한 살인사건이 끊이지 않는 것도 자신의 욕망을 채우기 위하여 총칼로 상관의 목을 친 군대 패륜아 전두환 일당이 뿌린 씨앗 탓인 것이다.

전국 어느 공직사회에서나 만연되고 있는 공무원들의 세금착복, 부정축재 비리나 부동산 투기 비리도 전두환 일당의 율곡비리와 비자금 축재 비리에서 파급, 오염된 것이다. 정직하게 법을 지키며 사람답게 살고 있고, 살려고 노력하던 대다수 국민들은 어느 날 갑자기 전두환 일당이 부정한 방법으로 권력과 돈을 한꺼번에 거머쥐는 한탕주의를 보고서 힘들게 돈 벌 필요가 없다는 생각에 불법한 방법을 배워 써먹고 그것을 일삼고 있는 것이며, 정의로운 사회건설의 꿈이 깨지고 무질서가 판치는 무법사회가 된 것이다. 이렇게 나라가 나라가 아니고, 사회가 사회가 아니고, 사람이 사람이 아닌, 엉망이 된 무질서 불법의 詐欺(사기) 사회는 정권 찬탈 부정에서부터 부정·비리·부정에 이르기까지 부정의 수괴 노릇을 하면서 이 나라를 망쳐 놓은 전두환 군사반란 수괴와 그 악인들 일당으로부터 발생하고 파생된 것이다. 이러한 무질서 불법사회를 만들어 놓은 국사범, 역사범 전두환 반란수괴와 그 악인 일당을 단죄하지 않는다면 정의사회는 불가능한 것으로 보았다.

필자는 이러한 역사적, 국가적, 국민적 소명의식에서 죽음을 각오하고 국민 최초 전두환·노태우 두 전직 대통령을 고발했었다. 다행히도 김영삼 문민정부와 사법부는 이들을 단죄함으로써 법은 만인에게 평등하다는 교훈을 주었으나 불행하게도 김대중 국민의 정부는 반성 없는 이들을 사면·복권시키는 큰 잘못을 저지르고 말았다. 그러나 필자의 이 고발은 이들의 단죄를 이끌어 낸 원동력이 되었고 조국과 가정의 영광과 명예로 생각하고 있다. 이들의 단죄를 이끌어낸 원동력이 되었다.

전. 노를 반란, 살인, 내란죄로 대검에 고발하는 김광해(우) 민족정기와 역사를 말살하고 수만명의 사상자를 낸 반란자 일당을 고급장교 출신으로 최초 단독고발. 정의사회를 이룩하려는 용기 있는 행동으로 국민의 귀감

93.5. 19대 검찰청 기자실에서는 당시 사상초유 100여 명의 기자가 운집한 가운데 12.12 군 사반란시 육본작전 참모 하소곤 장군(가슴에 M16 총격 중상) 보좌관이 고급장교 출신으로는 최초로 전. 노를 고발하여 역사적인 군사반란의 조사, 재판, 처벌의 단초가 되었으며, 혼돈의 국민의식, 가치관, 정서를 선양시킴

본 시인 작가 12·12 군 반란자, 부정축재 행위 등 부정부패 시민회의 회원들과 처벌촉구 연합시위(서울검찰청 정문 앞 검찰, 법원 앞 삼거리 등에서 시위하는 장면, 중앙)

정치인 의식 수준 국민 수준에 못 미쳐

: 정치인 의식 수준 국민 정치 수준에 못 미쳐 資質向上 必要
詩(자질향상 필요시)

현재 우리나라 정치지도자 의식 수준이 국민 정치 수준에 못
미치고 있어 자질 향상이 절실히 요구된다. 구시대 당리당략 당
파 싸움 적폐에서 벗어나 21세기 새 시대에 맞는 협치의 상생 정
치 국민의 복리 증진을 위한 선진 정치가 요구되는 시대이다.

조선이 망하고 임진왜란으로 많은 인명이 살상되고 국토가 초
토화 된 것도 당파 싸움이 원인이었고 이로 인하여 치욕의 36년
나라 잃은 식민지 백성이 되었던 비극을 되풀이해서는 안된다.

마치 지금의 정치 현실이 구한말의 비극이 또 오는 것 같아 안
타까운 심정이다.

이제는 어떤 경우도 당파 싸움은 하지 말아야 한다.

정치인은 공부 좀 하고 국민을 위한 선정을 펴야 한다.

懲毖錄(징비록) 같은 책을 몇 번씩 읽어야 한다. 당리당략이 아닌 상대를 존중하는 수준 높은 정치를 해야 국민에게 존중받는 정치인으로 거듭나고 인정받을 수 있는 시대임을 명심해야 한다.

작가와 평소 친분이 두터웠던 이인제 국민신당 고문(위)과
김근태 민주당 대표(아래)
이 정치인들은 인격과 덕망 있는 정치인들이었다.

GOP대대 폭설 순회 영화상영
임무수행 소회시

아침 일찍 깨어나 밖을 내다보니
온 천하가 은백의 백설로 뒤 덮여
아름다운 대자연의 장엄한 극치에
감탄사가 저절로 터져 나왔다.
흰 눈은 무릎까지 찰 정도로 내려
쌓였고 산천은 적막하고 이름 모를 새소리만
간간히 울어 대고 통행로에는
커다란 짐승 발자국만 푹 파여 있어
섬뜩 놀랍기도 하였다.
엄동설한의 전방 분위기는
쓸쓸하다 못해 무섭기까지 하였다.
어제 대대 단위로 오늘 순회 영화상영 계획을
하달하였는데 폭설이 내려
차량 이동이 가능할지 걱정이 앞선다.
이 영화는 전기도 안 들어오는 최전방 장병에게
문화의 혜택을 받지 못하는 최소한의 정서순화와

사기 양양과 군인정신 고취에 큰 영향을 주는
주요 정훈 과장의 임무 하나로 상영을 못 할 시는
영화를 기다리고 있는 병사들의 실망은 이만
저만이 아니며 정훈 과장 역시 비참한 심정일 수밖에 없다.
다행히도 오후가 되면서 눈은
급속히 녹으면서 차량이 다닐 수 있게 되었다 다시
한번 영사기 시운전 점검을 하니 이상 없어 영화 상영을
하기 위하여 사령부를 출발 하였다. 00대대에 도착
하니 대대 장병이 종합 식당에 모여 우리 일행을
기다렸고 우리 일행을 보자 야! 소리를 지르며
우리를 반겨 맞이 하였다. 정훈장교인 나는
간단한 장병 정신 교육을 실시하고 영화상영을 하였다
영화상영을 무사히 마치고 부대로 돌아올 때는 새날이 밝아
오고 있었다.

나는 그 어느 해 겨울밤을 영화상영 때문에 마음 졸이던 그
밤을 잊을 수 없다.

愚草(우초)의 祖國(조국) 민족애 國家觀(국가관)
愛國(애국) 思想武裝(사상무장) 衷情詩(충정시)

인간으로 이 세상에 태어났으면

수명을 다하는 날까지

최선을 다하여 임무, 사명 완수를 해야 할 것이며

이 세상에 훌륭한 큰 "명예" 공적 하나쯤은

남기고 죽어야 하지 않겠나? 생각하고 살았다.

그것은 조국, 민족, 후손을 위한 큰일일 것이며

나라 위한 목숨을 바칠 수 있는 위업이 될 것이다.

不法(불법), 不義(불의)를 용납지 않으며 가장 최고의 정의로운

삶을 살겠다고 굳은 맹세로 산 것이 하나님의 가호가

있었던 것을 확신한다.

風前燈火(풍전등화)와 같은 樓欄(누란)의 위기에서

조국을 실리려고 목숨 걸고 마음과 몸을 던져 실제 행동으로

작가 시인은 실천하였다.

초등학교 한문서당(글방) 중학교 고등학교에 다닐 때 넉넉지 못

한 가정형편으로 어렵게 공부를 했고 고교는 무작정 가출 상경

하여 행상 등 고학을 하며 공부하였다. 그 후 대학을 입학하고는 곧바로 군에 입대하였고 장교가 된 후 군대 생활 중에 대학을 재입학하여 졸업하였고 12·12 군사반란으로 원치 않는 강제 전역을 한 후 군사독재 정권 종지부를 찍기 위한 민주화운동을 목숨 걸고 강력 실천했고 동시에 정의 사회 시민운동을 30여 년 이상 하면서 오늘에 이르렀다.

그러나 나는 지금까지 내 평생 큰일 하나 한 것 없이 나이만 먹은 것 같고 자식들에게는 재산 하나 물려준 것 없어, 아버지로서는 낙제생이다. 그러나 주위 많은 친분자들은 나를 보고 변화무쌍(變化無雙)한 격변의 시대에 살면서 정말 남들이 하지 못하는 엄청난 역사적인 일들을 해낸 '훌륭한 인물'이라는 찬사를 아낌없이 하고 있으나, 왠지 부족함을 느낀다.

'돈보다 명예'를 소중히 하고 살아왔다. 나의 인생철학을 잘 아는 사람들은 보통 사람과는 다른, 뚜렷한 '국가관'을 가지고 살았음을 인정해 준다.

그러므로 쿠데타로 정권을 잡은 무소불위(無所不爲)의 막강한 권력을 가진 전직 두 대통령을 반란죄, 내란죄, 살인죄로 역사를 바로 세우기 위한 국민 최초의 고발로, 대법원에서 '군사반란자로 최종 판결을 받아낸 세기적(世紀的) 재판의 승자'라는 것과 끈질긴 민주화운동으로 민주화운동 관련자 명예회복과 보상에 관한 법률에 의거, 정부로부터 군 고급장교 출신으로는 '유일한 민주화 운동자'로 인정된 점, 그리고 『고발』, 『이 새끼 까라면 까』,

『군사반란』, 『제5공화국』, 『한국 현대사와 광해 이야기 자전대서
정시』, 시집 제3집 『믿음의 삶』 등 출판 저서를 통하여 불법, 비
리를 만천하에 알리고 법은 만인 앞에 평등하고 불법자는 반드
시 단죄해야 한다는 강력 주장으로 처벌받게 하였고 국민 자기
계발과 정서순화에 지대한 기여를 하였다.

특히 평생을 가족보다 조국 민족이 우선이고 가족은 차선이
라는 철학과 국가관을 가지고 살았고 가족에게도 이같이 교육
이해시키고 평생을 살아왔다.

우리나라 사람이
제일 싫어하는 사람 批評詩(비평시)

(이 나라에 없어져야 할 적폐)

　사형에 해당하는 정권 찬탈자에게 돈 먹고 처벌 않고 사면시킨 전 대통령.

　대통령 후보 정당 경선에서 돈 쓰고 후보 되었던 사람 또한 돈 써 되고자 하는 사람

　사리사욕 축재의 한 자리 수단으로 보고 대통령 한 사람, 할 사람 부정 불법 비리행위를 본업으로 알고 있는 장관 정치인 고위 공직자

　이권개입 금권 챙기기 오직 당리당략 정쟁만을 일삼는 협치 모르는 구태 무지한 정치인

　국민 정치 수준에 못 미치는 저급 정치인

　국가 후손 장래 생각 않고 흥미 위주 선동 언론인

　(예: 사건보도 재생산 확대보도로 모방범죄 증가 시키는 언론인)

　주택값을 천정부지로 올려놔 결혼, 출산 기피케 만들고 국가 백년대계를 생각 안 하고 나라 망치는 건축업자, 부동산업자

서민 약자를 괴롭히는 불량배 조직 폭력배

정부 공공기관이 서민 불편 주고 고통, 괴로움 주는 비리 법령 소속 폐기 시행 하지 않는 담당기관 공직자

사상 이념분열 분쟁시키고 국민 통합을 반대하는 쓰레기 벌레 같은 종북좌경 적색주의자

이들 때문에 우리나라가 정의롭지 못한 불법 비리 범죄 공화국이라는 오명을 못 벗고 있으니 새롭게 태어나는 혁명적 개혁이 절실한 시대인 것이다.

나쁜 사람은 마귀와 같은 비평시

나쁜 사람의 첫째는 은혜와 고마움 모르고

義理(의리)와 信賴(신뢰) 없는 無知(무지)한 사람.

이런 사람은 마귀와 똑같고 마귀만도 못한 사람이라고 할 수 있다.

고향 사람 親睦契(친목계) 원들이 신용 없는 사람이라 다단계나 詐(사) 자 들어가는 곳이나 찾아 다니는데 좋은 머리를 쓰니 몇십 년을 고생하는 것은 뻔할 수밖에 없다. 좋은 머리를 좋은 데 쓸 줄 모르니 안타까울 뿐이다.

인간은 죽기 전에 哲(철) 나야 한다.

이 세상에 태어났으면 남에게 욕은 먹지 말고 명예 하나쯤은 남겨야 하지 않겠나?

나이 70 넘으면 셋방이 아닌 내 집 하나는 있어야 하고 그래야 실패한 인생이 아니다.

그것이 그리 쉬운 일은 아니지만 그렇게 못했다면 일생을 남보다 노력하지 않은 증거일 것이다.

의리 없고 恩惠(은혜) 모르면 患難(환난)과 厄運(액운)의 마귀가 따라붙는다.

深思留意(심사유의) 해야 할 것이다.

잘못된 장애인 福祉(복지) 政策(정책) 批評詩(비평시)

불법 비리로 썩고 썩은 부패한 군 반란 정권의 종지부를 찍기 위한 반란 무리 일당과 목숨 건 투쟁과 민주화 운동 과정에서 전두환 일당 반란자들이 본 작가 시인 고발인 일가족 몰살 위협과 협박으로 정신적 육체적으로 고통을 받아 뇌경색 등 10여 건이 넘는 신병 발병으로 평생 좌측 手足 불구자가 되어 불치 난치병 장애인(뇌병변 2급)이 되었으나 20년 군 복무 퇴직 연금 수급자이고 주택 소유로 장애인 수당을 지급 할 수 없다는 주민센터 직원의 駭怪亡則(해괴망칙)한 소리에 경악을 금치 못하겠으며 (퇴직연금은 20년 이상 온갖 환난과 戰鬪(전투) 고통 속에서 군 복무하면서 매월 봉급에서 10% 기여금으로 뗀 예금, 저금했다가 반환받는 돈인데 이 돈 받고 있다고 障碍人 手當(장애인 수당) 지급 대상이 아니라면 크게 잘못된 법제도이니 개선해야 한다. 또한 노령연금(국민연금)은 왜 지급하지 않는가? 집장만은 월남 참전 급여 전액 적금했다가 산 집인데 집 있다고 수당을 못 준다니 더욱 본인은 전투 死境(사경)에서 생존한 전상 상이 공상 국가유공자를 헌신짝 버리듯이 해도 되는 것입니까?

이런 국가가 국민을 위한 국가입니까?

국가 후손의 장래가 뻔한 것입니다.

이런 국가, 국민, 후손은 장래와 희망이 없습니다.

우리나라는 수치적으로는 세계에서 모든 면에 상위 국가라고 하지만 국민 50% 이상은 경제적 빈곤으로 살기 어려운 나라라고 합니다.

현재 국가의 당면한 문제 우선순위는 남북문제, 회담이 아니고 가난 빈곤 퇴치 정치이고 국민 모두가 국가로부터 받는 혜택에서 제외되는 일이 없게 말로만 혜택 주는 그런 나라가 아니고 골고루 혜택받게 하는 정책과 정치실행이 중요한 때입니다.

12·12 반란피해자보상과 명예회복
미입법 발의 기피하는 국회와 국회의원은
최고의 직무유기자로 국회 역사에
영원히 남고 규탄받아야할 비평시

1997년 4월 17일 대법원에서 12·12사태는 분명한 군사반란이라고 최종 판결하였다.

그러면 국회는 즉각 동시에 피해자 명예회복과 보상을 자동입법 발의해야 하나 아직도 지금까지 국회와 국회의원은 직무유기를 하고 있어 끝나지 않은 미완의 군사반란으로 남아 있다.

신성한 국방의무를 만유감 없이 수행하고 있던 140여 명의 주요직위 장성이 갑자기 강제 퇴역당했고 사망, 부상, 강제 전역 장병 150여 명, 10·27 法難(법난) 피해자, 미구제 삼청피해자 등 수만 명 피해자들 외면하고 5·18 피해자는 국가유공자 인정과 보상을 하였으나, 12·12 피해자는 명예회복 보상 없는 형평의 원칙에 위배되는 정치적 득실로만 만든 것은 지탄받을 불공정한 정치행위를 하였다(12·12 반란없는 5·18은 있을 수 없음).

96. 2. 23 정동소재 세실레스토랑에서 군사쿠데타 피해자 연합회장으로 공동기자 회견에서 답변하는 김광해(앞줄 중앙)

12. 12軍事叛亂被害者名譽回復및補償立法發議推進委員長 金光海 印
(12. 12 군 반란 피해자 연합회장)

왜 비리오염 공화국인가?
批評詩(비평시)

우리나라는 현, 근대사에 불법 비리 부정부패 축재의 나라 오염 공화국이라고 세계인이 인정한 나라가 되었다.

동양적인 도덕 윤리 예의 나라로 널리 알려졌던 우리나라가 왜 이렇게 되었는지 모르겠다.

이런 불법 비리는 국가 통치자, 지도자들이 정의롭지 못하고 불법 비리를 일 삼은 데서 기인한 것이라 판단된다.

그중에도 대통령을 하겠다고 반란을 일으켜 부모보다도 엄중한 자기 직속 상관과 대통령을 총, 칼 한 방으로 쫓아내고 대통령 자리를 뺏는 바람에 법과 질서가 파괴되고 윤리도덕이 무너지고 불법, 비리의 무질서 나라, 사회가 된 것이 가장 큰 원인이 된 것이다.

그러니 대개의 국민들은 이같은 사실을 목격하고 피, 땀 흘려 고생하는 것은 바보짓으로 판단, 땀 흘리지 않고 한탕만 잘 하면 잘 살 수 있다는 한탕주의 망상에 사로잡혀 불법 비리로 한탕 하겠다는 허황된 욕망에 비행만 일삼아 불행한 오염 공화국의 말을 듣게 된 것이다.

이와같이 오염된 국민정신을 정의롭게 건전 정신으로 개선, 개혁할 수 있는 것은 사형에 해당되는 반란수괴와 그 일당을 처형해야 불법 비리가 없어질 수 있다고 확신한다. 이들을 처단하지 않는 한 불법비행은 증가할 수 밖에 없다.

이제는 불법 비리는 정당화될 수 없다는 적폐 차원에서도 척결 해야 하며 정의로운 행동만이 국가와 가정이 행복하고 발전할 수 있는 것이다.

이왕 벌려논 적폐도 확실하게 결론을 내야하며 屍脂不知(시지부지) 龍頭蛇尾(용두사미)가 되면 국민의식과 情緒(정서)가 더 도탄에 빠질 수 있음을 경고한다.

작가시인 10~30년 現(현)
사용명함 前後(전후)

前面

김광해 대표의 10~30년 현재 사용 명함 전면

부당하게 억울한 일을 당하셨습니까? 도와드리겠습니다.

12·12 군 반란 한국 유일의 전문가

한국 최초 민간 시민 단체 창립 32주년·불법 비리 고발센터

바른사회만들기운동본부

아직도 끝나지 않은 12·12 군사반란 진상규명 위원장

바른사회만들기(舊. 정의사회구현을 위한 양심인의 모임과 굴절된 민

족정기와 역사바로세우기) 운동본부 총재

전두환·노태우 전 대통령 추징금 납부촉구 국민운동 본부장

장로교 장로·다큐작가

비평시인·민주화 운동자 愚草 金 光 海

국가보훈처 제23195133호 戰傷(전상), 公傷(공상) 국가유공자

국무총리소속 민주보상 심의위 제118호 민주화 운동자

월남 참전 고엽제 고도노출 유공자

5.18 광주항쟁 정신 계승 국민위원회 중앙집행위원, 국민위원

(현)

서울특별시 광진구 구의동 204-18

사무실 직통 : 010-5251-6946

Tel : 02-426-6208(Fax 겸용)

E-mail : kwanghea43@hanmail.net

김광해는 국가 민족 배신과 후손을 생각하지 않는 불법, 비리 행위자를 고발, 저술로 역사와 후세에 남기는 일을 합니다.

後面

김광해 대표의 10~30년 현재 사용 명함 후면

출생·학력·경력·기타

- 경기 여주시 産(78세)

- '60년 육군 이등병 입대,' 63년 육군 하사 임관, '66년 육군 중사 진급, '66년 육군 소위 임관

- '69년 제2사관학교 교수(담당 교과: 군인정신, 공산주의 이론비판, 사상무장 등)

- '71~79 7사단장, 육본 교육차장, 1군 참모장, 육본작전참모, 장군부관, 보좌관으로 9년 복무

- '68~82 월남, 전·후방 22년 복무 동경사 정훈참모 중령 전역(연금 24년분 수급자)

- '79 경기대 법정대 행정과 졸업(학사), '82 한양대 행정대학원 졸업(석사)

- '93 고려대 정책과학대학원 최고위 과정 수료, '93 연세대 교육 대학원 지방자치 연구 과정 수료
- '94 건국대 교육대학원 문학창작과정 수료(문학창작 전공)
- '95 서울시립대 도시정책대학원 최고위도시정책 연구 과정 수료
- '93 영국 옥스퍼드대 의회 지도자 과정, 프랑스 소르본느대 최 고경영자과정 연수(영·불어 구사)
- 시민단체 참여연대 초빙 작은권리찾기 운동본부 특별위원
- 대한상이군경회, 고엽제전우회, 서울 강동구지회 회원(현)
- '83 대우그룹 총무부장(회장 비서 겸임)
- '89~95 월간 교통저널, 월간 교통관광저널 발행인 CEO
- '대한민국 재향군인회 제29대 중앙회장 출마(대의원 불법 비리 행 위 정신교육목적)
- 한국문인협회·시인협회 회원(현)
- 제1회 지방선거 광진구청장 돈 공천반대 무소속출마 2만 표 이상 득표(25개 구청 무소속 후보 56명 중 1위)
- 전 계엄사령관 겸 육군참모총장 정승화 12·12 쿠데타 진상규 명 위원장, 10년 비서실장·위원회 사무총장·위원장(현)
- 대한예수교 장로회 장로교 목사 1400명 수동연수회 초청 전· 노 고발배경과 목회자의 자세 정신강좌
- 전·노 살인죄, 반란죄로 고발 이후 각 언론 신문방송사 출연, 교육계, 각 기관 단체 초청 전국순회, 200여 회 강연

- 강요에 의한 전역 불복, 전역취소 재복무 소송 승소(최초 군사반
  란 판결 승리)
- 한학수련: 四字小學, 千字文, 明心寶鑑, 大學論語, 孟子, 中庸,
  詩經, 周易修學

김광해 위원장을 국가 훌륭한 유명인사로 등록 관리하는 기관·단체

- 경기대학교 선정 유명인사 등재
- 정부중앙인사위원회 국가인재데이터베이스 등재
- 동아일보사 동아닷컴
- 중앙일보사 조인스닷컴
- 조선일보사 조선닷컴
- 문화일보사 인물정보
- 연합뉴스사 한국인물사전 등재
- 중앙일보사 한국을 움직이는 인물 1권에 등재
- 을지출판공사 한국시인대전 등재
- 역사편찬회 대한민국 5천년사 한국인물사 등재
- 국가상훈편찬회 국가상훈인물대전 등재
- 인터넷 네이버·다음·야후·기타

기타

- 반란수괴 전·노 목숨 걸고 살인, 반란, 내란죄로 국민 최초 단독 고발·단죄
- 5·18 광주민주인사 학살책임자 전두환 외 35명 최초 합동 고발·단죄
- 저서 : 고발(나는 왜 전·노 전 대통령을 고발했나!)
- MBC TV 드라마 '제5공화국' 원작자, 이 새끼 까라면 까!
- 시집 : 꿈에도 그리운 사람 외 3집 외 다큐·에세이 등 총 10권 출판
- 상벌 : 한국일보 제정 한국문학예술상 수상(제5공화국) 외 36회 수상, 처벌 전무(징계 포함)

북한의 통일전선 전략전술 詩(시)

북한은 김일성, 김정일 시대부터 끈질기게 폭력,

비폭력으로 추진강행 하는 북한의 남한

사회주의, 공산화 작전 계략은 지금도 유효하다

북한 전략 전술이며 이는 6·25 同族相戰(동족상전)의

戰犯(전범) 사실을 숨기고 死藏(사장)시킴으로

민족의 역적, 반역자의 죄상과 책임을

숨기고 감추며 자연 민족통일

영웅이 가능하다는 판단, 획책전략에

의하여 한반도를 사회, 공산주의

국가로 만들려는 계략이 곧 북한의

일관된 전략 전술인 "통일 전선 전략 전술"인 것이다.

북한은 핵무기 천 개를 폐기하여도 소용없고 대남 통일전선

전략 전술을 포기한다는 약속을 받아내야 한다.

약속을 해도 어기고 전쟁을 도발한다면 전쟁을 예방할 방법

이 없다.

약속을 파기하고 지키지 않고 도발 전쟁을 일으키면 뉘우칠
수 없는 과오를 저지르게 된다.

— 육군2사관학교 前 교수 경력에서 —

(담당교과: 공산주의 이론비판 강의 및 공산주의 이론 연구 외)

대한민국 정부는 천만파월 가족에게
빚지고 있는 참전수당 즉각지급 要請詩(요청시)

(참전군인과 그 가족 눈물 흘리지 않게 하라)

우리 월남 참전군인들은 국가의 명령으로 이역만리 상하의 나라에 가서 피땀 흘리며 30만 명 이상이 전투에 참가, 5천여 명이 전사하였다. 참전 대가로 전투수당을 지급받게 되었으나 국가가 사용하고 아직까지도 지급하지 않는 불법행위를 자행하고 있다. 월남에서 전투하지 않은 사람은 그 참전의 엄청난 고생과 고통을 모른다. 1964년부터 1974년까지 8년 8개월 동안 이역만리 물설고 낯설은 폭염이 내려쬐는 월남에서 목숨과 맞바꾼 전투수당을 참전 군인에게 주지 않고 있다. 국가는 이제까지의 이자까지 조속히 지급해야 한다. 이것을 해결하지 않는 한 국가의 존재 가치는 무의미하며 참전군인 가족의 눈물을 멈추게 할 수 없음을 경고하지 않을 수 없다.

사회적 약자(장애인)를 고려치 않는
우리나라 批評詩(비평시)

며칠 전 장애인 아들이 전동차에 장애인 어머니를 태우고 운전하다가 택시와 충돌, 전동차가 전복되면서 타고 있던 어머니가 떨어져 사망한 사고가 있었다.

전동차는 대부분 아스팔트 포장이 아닌 인도에 보도블록을 깐 곳으로 다녀야 하는데 심한 털털거림에 불편과 위험을 느껴 도로로 내려가 불법 운전을 하는 바람에 종종 사고가 일어나 부상이나 사망사고가 발생하고 있다. 그러나 정부 공사 담당 기관이나 공무원은 이것 하나 시정하지 못하는 사회적 약자를 배려하지 못하는 공사 공무를 처리하고 있다. 이런 곳에서 일하는 국가기관 공무원은 국민의 세금을 먹고살면서도 사회적 약자를 위한 이런 것 하나 시정 못 하는 공무원은 정상 공무원이 아니고 국민 세금 축내는 최악의 악질 마귀 공무원인 것이다.

어찌하여 그런 것 하나 시정 못 하는 나라가 국가이고 나라인가? 또한 국민의 공복인 공무원인가? 가슴 아프고 통탄할 일이다.

심지어 대형 국립병원 신축은 국가 예산으로 건축하는 것인데 세밀한 설계와 공사 감독으로 일체 허점이 없게 해야 하나 곳곳에 하자투성이로 비만 왔다 하면 비가 새고 1년 내내 보수공사를 하는 웃지 못할 사태와 주인 없는 병원을 여실히 보여주고 있어 참으로 안타깝다. 하루빨리 모든 이용자가 주인의식 속에서 병원이 운영되기를 축원한다.

한 가지 더 비판, 비평해야 할 것은 신축병원에 휠체어, 전동차가 다니는 길에 보도블록이 아닌 아스팔트 포장을 하는 환자나 약자를 고려하는 보수공사가 요구되며 부실 공사는 지탄받아 당연한 것이다. 앞으로 사고는 더 늘어 날 것이고, 장애인은 많아질 것임으로 모두가 인식하고 노력해야 할 것이다.

후배가 한국에서 가장 훌륭한 인물의
한 분으로 본 선배 김광해 시인 평가시

육군 제2사관교 출신 예비역 중령 오산대학교 컴퓨터 공학과 한상도 교수

나는 김광해 선배님을 보병 제 7사단(사단장 하소곤 소장, 제5연대장 심기철 대령) 근무 시 처음 만나 한 사단에서 같이 근무한 적이 있었다.

당시 7사단은 1군사 지역에서 우수부대로 선정, 많은 VIP가 방문하는 행사가 많은 보병사단이었다. 당시 선배 김광해 시인은 대위, 소령으로 정훈참모부 공보장교 겸 정훈 보좌관이었고 나는 제5연대 정훈 과장이었다. 7사단은 행사가 많은 사단이다 보니 많은 내빈축하로 고도의 참모업무가 요구되는 부대였다. 그것은 내빈 환영 사단장 연설문을 작성하는 것이 큰 임무의 중요업무의 하나였으며 사단은 박정희 대통령이 사단장을 역임한 부대였고 9·28 수복 북진 시에는 7사단 장병이 파도처럼 물밀 듯이 북진 제일 먼저 압록강 물을 수통에 떠다가 이승만 대통령에게 바친 전통과 역사에 빛나는 부대였다. 당시 많은 장성들은 진급되면 7사단장 임명을 최고의 영예와 영광으로 생각하였다. 하 장군은 일반출신(갑종종교 출신으로) 최초 처음 사단장에 임명되었으며 그 영광과 행운은 말할 수 없을 정도의 기쁨이었다. 행사가 많은 사단이다 보니 사령부 김 보좌관님은 공적 지시가 하달되어 하루라도 지시 응신이 지연 되든가 하면 불호령이 떨어졌고, 공, 사가 분명하여 엄정한 근무태도는 최고의 장점이었다. 사단대항 군단 각종 경연 시는 우승을 내준 적이 없는 뛰어난 실력을 발휘하였다. 12·12 군 반란 시 육군본부 작전참모이었던 하소곤 장군 보좌관으로 육본을 총격 침공한 반란군과 육박전을 벌여 국민생명보호와 국가 보위를 위해 신명을 받쳐 헌신했고 이때 부상 후유증으로 뇌경색이 발병 40여 년간 통증과 투병의 고통 속에 살아왔다. 우리 후배들은 김 선배님의 철저한 근무태도와 공적으로 보아 장군 승진은 "받아놓은 밥상"이라고 하였고 별 두서 개는 달 것이라고 예단, 아예 장군, 김 장군이라고 호칭하였다. 나는 한 번 김선배 님 업무 지시 감독이 얼마나 철저하고 무서워 한 적이 있어 이제까지 살아오면서 보좌관 님같이 무서운 사람은 처음 보았다는 불평 불만을 한 적이 있어 핀잔을 받은바 있었다, 김보좌관님의 그런 철두철미한 근무 태도를 보고 배운 바 많았고 그 영향으로 지금의 훌륭한 교수가 되었다고 믿고 있다. 나는 이런 글을 쓸 수 있는 기회까지 주시어 진심으로 고맙고 감사하게 생각한다.

우초 뇌경색발병 입원사경시
통증으로 고통받는 타환우 보고
비장한 장기기증 결정한 결심시

　본 시인 愚草(우초)는 이 세상에 태어나서 살아가는 동안 국가와 국민으로부터 많은 도움과 은덕을 입고 살아왔다고 생각합니다.

　국가 민족 후손에게뿐만 아니라 내가 최고로 존경하고 敬畏(경외)하는 하나님 아버지께도 크나큰 은혜를 받고 살았음을 분명히 말할 수 있습니다. 本 시인은 이같은 국가 민족의 은혜에 보답하기 위하여 난치병 뇌졸중(뇌경색)에 쓰러지고도 죽지 않고 살아있음을 전적으로 하나님 아버지의 은혜임을 주장합니다.

　인간의 뇌 질환인 뇌졸중(뇌경색)은 현대의학으로도 불치의 난치병으로 인정하였고 그 증상의 80~90%의 환자들이 인지 능력이 상실되며 건강 상태가 점점 나빠짐과 동시 재발이 잘되어 심각한 고통을 주는 나쁜 질병입니다.

　그러나 본 시인은 국가 국민으로 받은 은혜가 많아 국가 사회에 조금이라도 보답을 환원하기 위하여 본 시인의 신체 장기를 기증하는 것도 큰 애국의 하나로 생각해 오랜 기간 심사숙고한

끝에 비장한 결심과 勇斷(용단)을 내려 장기를 기증하기로 하였습니다.

본 장기 기증 예정자인 김광해 시인의 건강 상태는 양호한 편이며, 뇌졸중 발병 후 인지능력이 더 좋아지고 기억력이 월등히 뛰어나고 향상되어 실록소설, 에세이, 김광해 종합시집(세상사 비판 비평시집 등) 도저히 뇌경색 환자로서는 할 수 없는 저서 10여 권을 집필 출판하는 偉業(위업)과 기엄을 토해내는 기적 중의 기적을 이룩하기도 하였습니다. 특히, 난치병이 발병되었으나 정상인보다는 좀 불편하지만, 정상인이 할 수 있는 일은 거의 다 하며 살아가고 있습니다.

만성 심장병으로 심장약을 복용하여 잘 치유, 유지되고 있어 일상 지장 없는 생활하고 있으며(본 시인 시집 "제3권 종합시집"과 소설 제6권 "한국 현대사와 大(대)서정시" 『愚草(우초) 治癒詩(치유시)』에 잘 기술되었으니 참고바랍니다), 그 외 신체건강상 하자는 없이 일상 생활을 잘 하고 있어 항상 하나님께 감사할 뿐입니다.

이에 하나님께 감사하여 예수님이 탄생한 2020년이 되는 1월 1일을 기하여 본 시인의 全(전) 신체 및 부분 장기를 필요로 하는 患友(환우)에게 기증코자 비장한 결심을 결정하고 선언합니다(부분 장기를 필요로 하는 국민, 희망자는 본 작가에게 직접 연락 요망합니다〈중계인 사절〉).

기증코저 하는 이유 및 배경: 본 시인이 뇌경색으로 투병 고통 중 사경을 헤맬 때 옆 환우가 고통스러워 하는 것을 보고 깊이 느낀 바 있어 결정한 것이며 또한 주님께서 주신 수명을 행복하게 영광스럽게 다 살았다고 판단하여 하나님께 감사의 뜻으로 기증하는 것입니다.